OMNIBUS

Aldo Cazzullo
Fabrizio Roncone

PECCATI IMMORTALI

Romanzo

MONDADORI

Questo libro è un'opera di fantasia, che mescola personaggi e luoghi realmente esistenti ad altri di pura finzione. In particolare, i protagonisti della vicenda sono assolute invenzioni degli autori, con il solo intento di conferire veridicità alla narrazione. Qualsiasi analogia con fatti, luoghi e persone, vive o scomparse, è assolutamente casuale.

Peccati immortali
di Aldo Cazzullo e Fabrizio Roncone
Collezione Omnibus

librimondadori.it

ISBN 978-88-04-71996-0

I edizione settembre 2019

PECCATI IMMORTALI

In verità vi dico: tutti i peccati e tutte le bestemmie saranno perdonati ai figli degli uomini; ma chi avrà bestemmiato contro lo Spirito Santo, non avrà perdono in eterno.

MARCO, 3, 28-29

Il sole muore già
e di noi questa notte avrà pietà.

RENATO ZERO

1

Vaticano

Essere immortali è facilissimo. Tutti gli animali ci riescono. Tutti, tranne l'uomo: l'unico che sa che deve morire.

Il cardinale Michelangelo Aldrovandi amava compiacersi dei propri pensieri, davanti allo specchio, dopo la messa, mentre si cambiava per andare a donne.

E magari fossero state solo donne.

Celebrare messa gli era sempre piaciuto. Celebrarla, non dirla. Le omelie lo annoiavano. Per essere bravo, era bravo: sapeva far piangere, ridere, pensare; e spaventare, se veniva. Ma l'essenza della messa è il gesto, il paramento, la schiena rivolta ai fedeli inginocchiati. Meglio ancora le fedeli, che adoravano quel principe della Chiesa alto, potente, sprezzante; con l'espressione di chi non ha mai passato una notte in un divano letto. I vescovi comunisti che al Concilio avevano girato il celebrante verso la folla, spalle a Dio, non avevano capito niente (uno dei motti con cui il cardinale amava scandalizzare le anime buone era che «i poveri hanno rotto i coglioni»).

Nonostante questo, Michelangelo Aldrovandi era l'unico, tra i capi del fronte conservatore della Chiesa, che fosse riuscito a entrare nelle grazie del Papa.

Discendeva da una delle famiglie più ricche di Roma; e l'unica dissipazione cui si era dedicato era quella morale. Ogni sera, prima di uscire, gettava uno sguardo all'originale della Deposizione di Caravaggio, quella in cui Michelangelo Merisi aveva dato a Nicodemo il volto di Michelangelo Buonarroti. I Michelangelo insomma erano due. Con Aldrovandi, tre. Ogni volta il cardinale rivolgeva un pensiero condiscendente ai trafelati visitatori dei Musei Vaticani, che in tutto quel casino non si sarebbero mai accorti di ammirare una copia. Poi annusava con voluttà il grammo di proteine che la glomerulonefrite, seguita e arginata dai migliori specialisti al mondo, lasciava filtrare nelle sue urine ogni giorno. Quindi convocava Remedios con un grido di richiamo.

Sorella Remedios era la ragazza più pura che avesse mai incontrato; e al cardinale la purezza procurava un brivido di perversione. Ogni volta ricordava a Remedios con tono di rimprovero che non gliel'aveva mai data, vedeva il rossore degli inizi mutarsi in fastidio, diceva a se stesso che talora esagerava; ma esagerare era il vero lusso che si era preso nella vita.

Remedios lo aiutava a cambiarsi.

Il cardinale indossò abiti borghesi, omaggio personale dello stilista di Milano suo storico amico, e uscì alla consueta, generosa ricerca di piacere.

2

Palazzo Madama

«Ve-ri-tà! Ve-ri-tà! Ve-ri-tà!»

«Ma che è sto bordello? Chi so' sti ragazzotti?»

Ugo Sposetti e Giulio Nardi avevano l'abitudine, tipica degli ex senatori, di frequentare a tempo perso Palazzo Madama. Ogni pretesto era buono. Il barbiere a prezzi politici. Il ristorante dove lo chef Bruno fa la carbonara quasi senza sale che non intasa le arterie. O anche solo una chiacchierata con un vecchio amico, per ripetersi ogni volta quanto la politica fosse una cosa seria, appena poco tempo fa.

«Ve-ri-tà! Ve-ri-tà! Ve-ri-tà!»

Un coro forte, compatto, quasi allegro.

Ma agli ex senatori suonò minaccioso, dionisiaco, quasi lubrìco.

In un attimo, Sposetti e Nardi si trovarono circondati dalla folla, e provarono la sgradevolissima sensazione di essere i più vecchi.

«Ugo, ma che è sta roba? Che vogliono?»

«Boh! Dev'essere quello che chiamano flash mob...»

«Flash che?» rispose Nardi, interrotto da una

voce alle sue spalle: «Guardate chi c'è! Ma non era morto?»

Il senatore si sentì strattonato da tutte le parti. Uno dei manifestanti l'aveva riconosciuto, e ora lo additava al pubblico disprezzo: «Guardate questo vecchio... Così candido, tutto elegante e rispettabile! Ma è gente come lui che ci ha rubato il futuro! È gente come lui che ci ha riempiti di debiti... Si sono mangiati tutto... Sono quelli come lui che hanno mandato in rovina questo Paese!»

La folla applaudiva convinta; e poi urla, fischi, pugni in aria. Così serrava sempre più Giulio Nardi, che poteva sentire la pelle sudata dei contestatori.

Nardi cercò con lo sguardo Sposetti, ma anche l'amico era circondato dai suoi persecutori personali.

«E questo, lo riconoscete? Dove li hai nascosti, i soldi del partito comunista? Dai, se ce lo dici li andiamo a prendere insieme!»

Sposetti rispose duro: «Bada che io sono figlio di mezzadri! Prima del tesoriere di partito ho fatto il ferroviere! Ti insegno io a stare al mondo!»

Il coro riprese. Tre senatori del Popolo dell'Onestà lo dirigevano a gesti, sorridendo come Franti, sebbene non avessero mai letto De Amicis, e neanche qualcos'altro.

Il Popolo dell'Onestà era nato dalle ceneri di altri movimenti finiti male. Nuovo nome, nuovi capi. Eppure continuava a sentire il vento della storia dalla propria parte; e non sempre i militanti sapevano trattenersi. Così ora l'ex senatore Nardi subiva il trattamento dei baroni universitari nel Sessantotto. O dei mandarini del regime cinese umiliati dalle guardie rosse, nei giorni più duri della Rivoluzione culturale, con i berretti d'asino e tutto.

«Ve-ri-tà! Ve-ri-tà! Ve-ri-tà!»

Roberto Calderoli, che stava per uscire da Palazzo Madama, fu preso per il braccio da Paolo Romani e trattenuto dentro. L'ex dirigente del Pd Francesco Bonifazi – ora capogruppo del nuovo partito di Matteo Renzi, "Avanti" – chinando la testa svoltò a passo veloce per via degli Staderari, sperando di non essere riconosciuto. Maurizio Gasparri si attaccò al telefono, chiamando un suo amico colonnello della Guardia di Finanza. Altri senatori rimasero dietro il portone, in attesa del momento favorevole per guadagnare l'autoblù.

Nardi chiese aiuto. Nessuno si mosse.

I poliziotti in borghese delle scorte avevano l'ordine di vigilare solo sul politico che gli era stato affidato; il carabiniere dentro la garitta blindata di piazza Sant'Eustachio era obbligato, in caso di pericolo, a restarsene ben chiuso; due vigili urbani, la camicia slacciata e i capelli lunghi sul collo, osservarono la scena con un distacco prossimo al divertimento fino a quando, spente le sigarette, decisero fosse il momento del caffè.

A Nardi – rosso in viso, spettinato – cominciava a mancare il respiro. Iniziò a tossire. Con una mano quasi si strappò la cravatta blu a pois rossi che aveva comprato la settimana prima a Napoli, da Marinella; con l'altra invocava soccorso.

«Ora basta!»

Una voce fresca e autorevole sovrastò il frastuono. «Fermiamoci! Noi non siamo come loro! Lasciate questo rottame al suo destino e torniamo al motivo per cui siamo qui: festeggiare!»

Il flash mob celebrava infatti il decreto del governo che aboliva qualsiasi tassa sui proventi di Internet. Non potendo far pagare i padroni della rete, che tanto portavano già tutto alle Cayman, il Popolo dell'Onestà aveva imposto agli alleati del partito democratico il decreto Rete al Popolo, cancellando il diritto d'autore e «tutti i vecchi privilegi che impediscono ai cittadini di informarsi liberamente sul web».

Il ragazzo che aveva salvato Nardi era bello, alto, occhi chiari, velo di barba nera, all'apparenza trasandata, in realtà curatissima: Dario Gianese.

Nato in Germania da genitori calabresi operai della Volkswagen, aveva fatto una rapida carriera, diventando uno dei più giovani ministri nella storia repubblicana. Molti lo consideravano il leader naturale del Popolo dell'Onestà, di lì a un paio d'anni.

La questione era tra lui e l'altro ragazzo, che dava il cinque ai militanti sul marciapiede di fronte: Andrea Ferro.

Anche Andrea era di bell'aspetto, però molto più piccolo di Dario. Accento dell'Alta Lombardia – era nato in un paesino manzoniano vicino al lago di Como –, precocemente calvo, naso aquilino, dentatura robusta, tutto in lui emanava forza e sicurezza; e se non fosse stato per il sorriso sempre al limite della risata, si sarebbe detto che fosse un uomo spietato, disposto a tutto.

Tra Dario Gianese e Andrea Ferro non c'era una reale distanza di idee e di linguaggio. La loro rivalità era solo ed esclusivamente personale. Contesi dalle ragazze che evitavano, intervistati dai giornalisti che maltrattavano, seguiti ora per ora da milioni di follower, erano sempre stati attenti a non affrontarsi in pubblico. «Siamo troppo amici» era la versione ufficiale.

Spiegazzato, gli occhiali fuori posto, l'ex senatore Giulio Nardi si stava ricomponendo, più incredulo che indignato. Fu allora che il suo sguardo incrociò quello del ministro Dario Gianese. In modo del tutto inatteso, Gianese accennò un sorriso di intesa.

Una piega delle labbra, una scintilla degli occhi.

Nardi ne rimase incuriosito, forse anche intrigato.

Esitò un attimo, poi ricambiò il sorriso.

Troppo tardi.

Gianese era già altrove.

Abbracciato a Ferro, nel tripudio dei fan, che avevano ripreso il coro:

«Ve-ri-tà!», «Ve-ri-tà!», «Ve-ri-tà!»

3

Colle Oppio

L'agente scende dalla volante. «I gatti... dove stanno i gatti?»

L'immigrato – capelli nerastri e unti, tanfo di vino nella voce ruvida dall'accento rumeno – sta stendendo un asciugamano sulla recinzione in ferro della Domus Aurea. Ruota la testa: «Miao miao...», poi muove la mano destra come la zampa di un gatto che voglia graffiare.

Il rumeno ha imparato il trucco da un amico: quando un poliziotto, un carabiniere, un vigile urbano ha deciso di rompere le palle, ci saranno delle palle rotte. Allora, ti conviene fare il matto.

L'agente che è rimasto in macchina abbocca: «Vittò, lascia stare. Quello non ci sta con tutti i sentimenti».

Gli agenti delle volanti di Roma ci sono abituati; ma la scena su cui sono finiti alle otto del mattino, a Colle Oppio, il parco che domina il Colosseo, è davvero sgradevole.

C'è il rumeno che si è appena svegliato nel suo bivacco accanto a uno dei siti archeologici più famosi al mondo. Più in là ci sono tre ragazzoni nigeriani ancora assonnati che vanno a prendere le dosi di droga nascoste nei tronchi degli alberi. Poi lo sguardo trova: sacchi a pelo abbandonati, bottiglie di birra vuote, una chitarra senza corde, preservativi usati, scatole di fagioli aperte, un calzino bucato; infine c'è questa volante, con i poliziotti che hanno mandato quassù a investigare sulla scomparsa dei gatti dal parco – denuncia presentata dall'associazione «Facciamo le fusa».

Il sospetto: i clandestini se li sono mangiati.

Hanno catturato i gatti, li hanno arrostiti e mangiati.

Gli agenti sanno che può succedere anche di peggio. Rinunciano a chiedere i documenti al rumeno e stabiliscono che è invece arrivato il tempo di una pausa.

Vanno in fondo al viale, nel chiosco di piazza Martin Lutero. Parcheggiano la volante davanti ai tavolini, scendono e brindano alla salute delle fondatrici benestanti di «Facciamo le fusa».

Hanno lasciato i finestrini abbassati per sentire la radio.

E hanno fatto bene.

Voce metallica: «Volante 15... richiesta di intervento a Porta Sant'Anna... sospetto corpo senza vita in Audi nera... ripeto: sospetto corpo senza vita... Porta Sant'Anna, Vaticano».

4

Vaticano

Se vi eravate già affezionati al personaggio di Michelangelo Aldrovandi, è un peccato, perché era suo il corpo ritrovato a Porta Sant'Anna, steso sul sedile posteriore dell'Audi nera. Mani accorte avevano avuto la delicatezza di lasciarlo pochi metri oltre l'invisibile confine di Stato, in modo da sottrarre il caso alla giustizia italiana.

L'Audi era rimasta per sei minuti con lo sportello spalancato sotto lo sguardo dei romani diretti alla farmacia della Santa Sede.

Qualcuno pensò a una disgrazia, che comunque non lo riguardava.

Qualcuno si limitò a voltare gli occhi.

Una pensionata con cagnolino chiamò il 113.

Le due guardie svizzere si consultarono nel loro dialetto millenario.

«Peter, che ffamo?»

«Francé, chiama 'a sora» rispose il capo.

(Peter Oberhofer era nato nei Grigioni, ma era diventato romano e romanesco, come tutti. Francesco Ceccarelli era cresciuto invece nella periferia di Zurigo, figlio di genitori emigrati: padre dalla Bufalotta, madre da Tor Marancia).

Anche in Vaticano, la morte è roba da donne, meglio se «sore».

La suora stavolta era Remedios.

Nome scelto dal padre ufficialmente in omaggio alla nonna, Maria Dolores de los Remedios, colombiana di Barranquilla; in realtà, per devozione a García Márquez. Lei bella, mora, scura, minuta, per nulla fragile. Vocazione sincera, trecce sotto il velo. Congregazione delle Cistercensi bernardine d'Esquermes. Voto di povertà, castità, obbedienza; e quindi disposta, per amore di Cristo, a prendersi cura di un cardinale peccatore.

Quella mattina era in cucina e gli stava preparando la colazione: spremuta d'arancia, marmellata di fragole e mirtilli che Aldrovandi si faceva arrivare direttamente dalla Provenza, burro, fette biscottate integrali, ciliegie – «sorellina mia, senza primizie che vita sarebbe?» – e poi due fette di bacon pronte da friggere e due uova, da bere subito.

Era sempre così: se passava la notte fuori, al suo rientro, al mattino, aveva bisogno di forze fresche.

Remedios non sembrò addolorata alla notizia che l'uomo divenuto la missione della sua vita era morto stecchito.

Ripose la brocca con il succo d'arancia in frigorifero e disse asciutta: «Credo che dovrò renderlo presentabile a Nostro Signore. Prendo il necessario e vi seguo».

Alla guardia svizzera parve quasi che se l'aspettasse.

La morte aveva invece colto di sorpresa il porporato, fermando il suo sorriso compiaciuto in una smorfia di reclamo per quell'ingiustizia arrivata sul più bello.

Avevano portato il cadavere al primo piano del palazzo della gendarmeria.

Monsignor Gaetano Bandoni, capo del cerimoniale, anche lui diretto in farmacia per ritirare una crema antirughe, con linguaggio circospetto era stato pregato di salire a riconoscere la salma.

Aveva aperto la porta con sorprendente freddezza, gli era bastato mezzo sguardo su quel corpo steso su un divano letto – prima o poi capita a tutti –, e si era voltato: «Sì, è Michelangelo».

Adesso Remedios si muoveva con gesti lenti e calmi, gli stessi con cui aveva composto i suoi genitori.

Ravviò i capelli di Aldrovandi.

Gli chiuse le palpebre.

La bocca spalancata sembrava però chiedere ancora aria. Remedios pensò che non serviva un medico legale per emettere il verdetto che non sarebbe mai stato scritto: morte per soffocamento.

Scacciò il pensiero e iniziò a sfilargli la giacca.

Era pur sempre un uomo di Dio; già era spiaciuto abbastanza ai Suoi occhi; che arrivasse al Suo cospetto almeno in buon ordine, con la veste rossa e le braccia in croce sul petto, come un guerriero caduto per il Santo Sepolcro.

Però il corpo era ormai rigido e lei faticò parecchio per sfilargli la manica destra. Ci era quasi riuscita, quando lo vide scivolare dalla tasca interna.

Era un telefonino. Ma non era il suo. Il cardinale usava un vecchio BlackBerry, su cui prendeva appunti con rapidità impressionante. Quello era invece un iPhone 8 ultrapiatto.

Ed era dove non avrebbe dovuto essere.

Il cardinale portava il cellulare sempre nei pantaloni. Sosteneva che dovesse stare il più lontano possibile dal cuore, per una questione di impulsi e radiazioni.

Invece quello era nella tasca della giacca.

Qualcuno doveva averglielo messo lì.

Remedios decise d'istinto.

Fu probabilmente lo Spirito Santo a ispirarla.

O solo pura incoscienza.

Di scatto infilò il telefonino sotto la tonaca. L'avrebbe aperto ed esaminato, con calma, più tardi.

Conoscendo l'uomo, era preparata al peggio. Ma quello che avrebbe visto di lì a poco era più nero dell'abisso più fondo che potesse immaginare.

5

Via Sistina

Driiinnn!!!

Che palle, sono già qui.

Gilberto, dai, scendi dalla poltrona.

Scendi, cazzo.

A certi, l'idea che Gilberto se ne stia lì a guardare, piace. Ad altri, invece, non gli si drizza. Timidoni. Per un gatto.

Driiinnn!!!

Vaffanculo. Ho sentito, ho sentito.

Emmanuelle attraversa a passo leggero il corridoio foderato di specchi, spinge il tasto del citofono, poi torna in salone. Chiude la tenda sul panorama della scritta al neon azzurro «Teatro Sistina» e accende una candela profumata alla vaniglia.

Entra nella cabina armadio: le sceglie rosse, a punta, tacco 16. Si guarda nello specchio.

Pensa: il tailleur nero mi sta magnificamente.

Piacerebbe tanto a mamma mia.

Mamma, quanto me manchi?

Apre un cassetto: un santino della Madonna del Divino Amore e, accanto, la sora Mimma, dentro una cornice d'argento. Con il cappello da cuoca.

Una vita a spadellare in una trattoria del Pigneto, povera donna. Pranzo e cena, cena e pranzo. Aveva lavorato come un asino, per dare alla figlia cose diverse dalle sue. Il liceo. L'università. Una laurea. Se la immaginava esattamente come adesso, la figlia sua. In tailleur nero. Però senza reggicalze.

Emmanuelle ripone con delicatezza la foto della mamma, prende il frustino e torna in corridoio.

Sente il rumore dell'ascensore.

Spera che sia almeno carina.

Sbircia nello spioncino.

Alta, i capelli castani lisci sulle spalle. Zigomi levigati, occhi azzurro ghiaccio: roba dell'Est.

Poi una nuvola grigia cancella l'immagine.

Il porco con il suo sigaro.

Emmanuelle spinge le labbra in fuori, cerca un sorriso decente.

Apre.

Lui: sui sessant'anni, basettoni, gessato blu, Rolex Daytona d'oro, regalo del suo maestro di politica: Nicola Sardella detto per la sua umanità il Cobra, che controllava le truppe democristiane a Roma e l'aveva nominato, appena trentenne, capo della sua segreteria. La carriera del porco con il sigaro è stata poi piuttosto banale: Dc finché è esistita, quindi Margherita, partito democratico, e molti consigli d'amministrazione. Faccia di uno nemmeno sfiorato dall'idea che gli uomini nascano liberi e uguali.

Lei: Olga, la sua nuova fidanzata. Vent'anni. Forse anche meno. Bellissima.

Il gioco è: Emmanuelle deve fingere di sedurla.

«Allora: tu sei una milf, lei è una teen...»

Il porco parla come PornHub.

Ora s'è messo seduto sulla poltrona di Gilberto, già in mutande. Emmanuelle pensa: milf sarà tua sorella. Lo pensa, ma sorride languida. Il gioco costa al porco duemila euro di denaro pubblico e quindi con la mano inizia ad accarezzare il seno piccolo, da adolescente, di Olga.

Olga non sembra avere intenzioni romantiche. Afferra Emmanuelle per la nuca e comincia a baciarla.

Un'ora dopo il porco è steso sul letto, nudo, con la pancia gonfia e pelosa piena di graffi.

«Lui piace sentire dolore: tu sai, vero?»

«Sì, Olga, lo so: je piace soffrì...»

«Tu brava, brava e cattiva... Tu quando imparato usare frustino?»

«Dopo aver preso il primo stipendio da commessa... tieni, ne vuoi ancora un po'?»

Emmanuelle ha preparato una striscia di coca sul comodino. Mentre Olga si china tenendo il dito premuto sulla narice destra – un tiro potente, che le arriva dritto in testa, facendola tossire – Emmanuelle vuota il bicchiere di vodka alla fragola.

«Sei nata in Francia?»

«See, magari. So' nata a Centocelle, me chiamo

Simonetta... però in arte, oui mon amour: me faccio chiama' Emmanuelle».

«Come Macron?»

«Non così perversa. Ma nessuno ha mai voluto indietro i soldi».

Olga sorride. «Capito. E allora...»

«Teso', senti: mo' però svejiamo l'ippopotamo e ve ne annate, occhei?»

D'un tratto, Tommaso Paradiso inizia a cantare *Questa nostra stupida canzone d'amore*. Stupida pure la suoneria, va bene; ma ognuno se la sceglie come vuole, la suoneria del cellulare.

Emmanuelle non risponde perché sa chi è, e non le va di parlare con lui quando sta lavorando.

Meno di un minuto dopo, entra un WhatsApp.

«Me lo prepari uno spaghetto, stasera? Un bacio, Gricia» più due cuoricini e due rose rosse.

Quest'uomo, pensa, sa essere di una tenerezza rara.

Lei, ruvida e cinica, si sente sempre un po' stupida quando prova cose così per lui.

Poi lo osserva nell'immagine del profilo.

Proviamo a descrivervelo: cento chili, forse più, dentro una divisa da tennista. La racchetta tenuta come una scopa. L'espressione fissa di uno che sa di venire male in foto.

6

Metropolitana, linea A

Il viso e gli occhi di sorella Remedios sono ancora più scuri del solito. Non ha dormito tutta la notte, se non per brevi sogni, rotti da risvegli dolorosi: come quando ti scuoti da un incubo con sollievo, poi ti ricordi che la realtà è peggio.

In Vaticano si era fatto come sempre. Nessuna autopsia, ovvio. La sala stampa aveva provveduto a informare con dignitosa compostezza che l'amato cardinale Michelangelo Aldrovandi era volato a Dio per un malore improvviso, mentre stava leggendo il Vangelo di Luca: immediato il cordoglio del Santo Padre, l'intera Curia subito raccolta in preghiera, l'Osservatore Romano dava mano al necrologio predisposto da tempo; unanime la costernazione delle forze politiche. Del resto, l'Osservatore ha sempre pronte le biografie di tutti i cardinali, in caso di imprevisti: elezione al soglio di Pietro o morte subitanea. L'usanza risale al secondo conclave del 1978, il più imprevedibile perché iniziato solo sette settimane dopo la fine del conclave precedente: era ri-morto il Papa. L'Osservatore preparò 111 prime pagine diverse, una per ogni cardinale elettore. E fece bene, perché Wojtyla nessuno l'aveva visto arrivare.

Remedios era tornata nel suo piccolo alloggio accanto all'appartamento di Aldrovandi. Chiuse le persiane, alla luce fioca dell'abat-jour aveva preso il telefonino, nascosto sotto il materasso, e aveva aperto l'icona delle foto.

La prima immagine.

Poi la seconda.

Osservando la terza aveva deglutito invocando l'aiuto della Vergine Maria.

Conosceva, o almeno intuiva, le abitudini del cardinale. Ma non aveva mai visto un atto sessuale. L'aveva forse fantasticato, ma come si immagina un coro di angeli, l'armonia dei sensi in festa. Non quella roba bestiale.

Tutti con tutti.

La bionda con i capelli cortissimi.

Il nero.

L'ermafrodito.

Quel braccio con il serpente tatuato che sfiorava, accarezzava, penetrava.

E poi il cardinale.

Remedios era stata vicina a svenire. Si era dovuta sedere sul letto. Aveva tracciato nell'aria un segno della croce, e un altro, poi un altro ancora. E aveva finito di scorrere le foto.

Lo imponeva il suo dovere di consacrata – badare fino in fondo al cardinale, cancellarne le malefatte se necessario –, e forse anche la sua curiosità di donna.

Dopo lo stupore, lo sgomento, la nausea, aveva però recuperato un po' di lucidità.

Il cellulare non poteva finire nelle mani della gendarmeria vaticana. Qualcuno che odiava il Papa ne avrebbe senz'altro approfittato: e quelle mura già scosse da altri scandali ne sarebbero state travolte. Rivolgersi alla polizia italiana, neanche a parlarne.

Così Remedios aveva chiamato il cardinale Celestino Giusti. Il suo vero padre spirituale. Un santo, capace – per grazia divina e umana sapienza – di sciogliere qualsiasi nodo.

La suora l'aveva riempito di mezze parole, di allusioni, di frasi torrenziali interrotte da silenzi imbarazzati.

Lui l'aveva calmata in sussurri: «Remedios, dolce figlia mia, metti pace nel tuo cuore. Non parlarne con nessuno e portami qui il telefonino. Ne faremo buon uso».

«Perché Gesù resuscita Lazzaro? A guarire, son capaci tutti. Resuscitare è difficilissimo».

La telefonata di Remedios aveva sottratto alle sue riflessioni padre Celestino: così il cardinale Giusti firmava i suoi rari e profondi interventi su Micromega. Era uomo in odore di santità, sia pure ancora in vita e in buona salute.

Dopo il Papa, non c'era che lui.

Eppure aveva lasciato la Curia e i Palazzi infestati di zolfo per ritirarsi nel convento delle Cistercensi bernardine d'Esquermes, ai Castelli Romani. Lì aveva conosciuto una giovanissima novizia colombiana, e le si era molto legato. Nulla che andasse contro la legge morale: un'affezione purissima e casta. Mai, del resto, un pensiero meno che degno aveva attraversato la sua mente, in tutto vocata alla bontà e all'amore per il prossimo.

In gioventù era stato molto amico del priore di Bose, Enzo Bianchi, con cui condivideva una devota passione per le icone bizantine e teneva un nobile carteggio che gli editori si contendevano: prima o poi avrebbe acconsentito a pubblicarlo, al solo scopo di finanziare la missione delle Cistercensi bernardine d'Esquermes nel Darfur.

Era stato il Papa a volerlo nominare cardinale. Aveva dovuto insistere, per vincere la sua naturale ritrosia. I giornali scrissero che padre Celestino aveva accettato dopo lunghe macerazioni, e dopo aver chiesto il permesso ai poveri che assisteva. In molti lo consideravano il naturale successore sulla cattedra di Pietro.

Piccolo, armonioso, barba e capelli bianchi – i capelli purtroppo infestati dalla forfora –, voce calda che non alzava mai, padre Celestino Giusti si levava ai primi chiarori dell'aurora e consacrava la mattinata alla preghiera e alla meditazione del Vangelo, prima di dedicarsi alle opere di misericordia nelle carceri e nei luoghi più sordidi della capitale.

Quel mattino stava appunto meditando sulla resurrezione di Lazzaro – certo un'impuntatura d'orgoglio di Gesù: sceso al minimo della sua popolarità, resuscita un uomo davanti alla folla e diventa una star; da qui la trionfale accoglienza a Gerusalemme, e la decisione del Sinedrio di eliminarlo –, quando l'aveva raggiunto la chiamata della sua protetta.

Ora padre Celestino la stava attendendo con benevola impazienza.

Un frastuono di zingarelle scuote Remedios dai cupi pensieri. Si volta e sorride. Una ragazza, o forse una bambina, dall'aria molto sveglia, risponde scoprendo una bocca con pochi denti, quasi tutti marci, tranne un incisivo e un canino d'oro. Il cartello alle spalle della zingara annuncia la fermata di Anagnina.

Le porte del vagone si aprono.

Remedios respira una boccata d'aria mefitica e subito s'infila nella ressa dei passeggeri diretti verso l'uscita. Rischia di inciampare in un barbone ubriaco steso sulla banchina a gambe larghe. Subito dopo, due ragazzi – teste rasate, tute Adidas lucide – sulle gambe del barbone ci camminano ridendo; lui lancia un lamento gutturale e un'orribile bestemmia.

Remedios è di nuovo all'aperto.

Cielo azzurro, limpido, immenso.

Mai smettere di meravigliarsi della bellezza del Creato, dice tra sé, e della grandezza del Creatore.

Un attimo dopo, Remedios si ritrova però addosso tutta la tensione della notte, e d'istinto cerca il rosario nella tasca dello zainetto.

Trova il rosario.

Ma solo il rosario.

Il telefonino non c'è più.

7

Campo rom dell'Anagnina

Adesso sì che Dragomir si sente un grande capo rom, un vero re.

È fiero di questa camicia giallo ocra, dei pantaloni grigi e stretti, degli stivaletti a punta, del crocefisso d'oro appeso al collo: può essere o un attore di «Narcos», la sua serie tv preferita, o un grande capo rom. Solo che lui non fa l'attore.

Esce dalla roulotte e si siede al tavolino da pic-nic.

La moglie gli ha preparato una tazza di caffè.

«Fa schifo» dice con una smorfia.

«Fattelo piacere» risponde lei.

«Miranda… se mi arrabbio, ti faccio male».

Non ha l'aria di scherzare. Miranda lo conosce, piega la testa e dice: «Le chiamo?»

«Chiamale».

Il rito del pomeriggio.

Le bambine del campo devono consegnare a re Dragomir il bottino della mattina.

Una batteria di sette piccole donne che sanno

tutto, hanno già visto tutto. Ogni giorno, quando le coetanee vanno a scuola, loro prendono la strada sterrata che dal campo porta a via Anagnina, costeggiano l'Ikea, scavalcano il guard-rail e scendono nella stazione della metro.

Sette bambine che diventano sette locuste.

Mani piccole, le dita che spuntano da stracci arrotolati. Circondano la preda. Sghignazzano, si danno spinte, fingono di giocare. La preda non capisce, si distrae, si volta, nemmeno s'accorge delle mani che frugano veloci e leggere nelle tasche e dentro le borse.

Per le bambine è un lavoro.

Se il bottino non è soddisfacente, sono guai. Una volta Dragomir si arrabbiò con Alexandra, la più grande e ribelle del gruppo, e le mollò uno schiaffo tremendo con il dorso della mano. Un dente saltò subito, un altro dovettero cavarglielo dopo. L'anello con la pietra di smeraldo aveva anche tagliato la guancia della piccola. Toccò alla vecchia Margareta ricucirgliela con ago e filo, tra urla, pianti e sangue, tanto sangue.

Alexandra ha imparato la lezione.

Adesso dalla sacca tira fuori un portafoglio, due catenine, un braccialetto di perle.

Questa schifezza d'uomo, lo stecchino stretto tra i denti, l'alito di aglio, afferra il portafoglio e lo apre: la carta d'identità di un vecchio, la foto di un neonato, un foglietto con numeri di telefono scritti a matita e tre banconote da dieci euro, che Dragomir infila in tasca, quasi con disprezzo.

Ora prende il braccialetto di perle. Lo avvicina

agli occhi delle ragazze: «Questa roba no! Come ve lo devo dire che porta sfortuna!» Poi si passa le perle sotto i denti, alla ricerca di quelle imperfezioni che le rendono autentiche. Ma queste le sente perfette, lisce, levigate. «Sono pure false! Idiote!» grida gettando a terra il braccialetto e calpestandolo.

Passa alle due catenine. Le soppesa, le osserva disgustato. «Baa... bigiotteria! Non c'è altro?»

Le ragazzine si voltano verso Alexandra. Lei china la testa, assumendo l'aria più innocente che può.

No, che peccato, non c'è altro.

«Nessun telefonino? Neanche un cazzo di telefonino oggi?»

A Dragomir piacciono i cellulari e le macchine. È un appassionato. Possiede due Mercedes, due Audi, una Range Rover, una Bmw, e poi otto Samsung, sei Huawei e cinque iPhone.

Tutta roba comprata grazie ai ricettatori italiani.

Gli italiani odiano gli zingari, ma se non ci fossero i ricettatori italiani non ci sarebbero zingari ladri.

Un cugino ripete sempre a Dragomir, con aria di scherno, che è l'unico, tra loro, a preferire i telefonini agli orologi.

Ma a Dragomir non importa.

Lui adora i telefonini.

E la cosa che gli piace di più, quando le bambine gliene portano uno, è aprire la sezione delle foto. È un bastardo curioso.

«Perché oggi niente?» chiede con rabbia, spezzando lo stecchino tra i denti.

Poi sputa, scuote la testa, si alza ed entra nella roulotte. Dalla finestra guarda suo fratello Adrian, che sta iniziando a suonare la fisarmonica, e le bambine, rimaste in attesa, un po' annoiate.

Lo aggredisce la collera.

Spalanca la porta e urla: «Schifose, siete inutili! Inutili, come tutte le donne! Via! Via!»

Quando Dragomir comincia a gridare così, è il momento di andare. Alexandra fa l'occhiolino alle compagne. Non serve altro: tutte odiano il re. Corrono via veloci come uccellini.

8

Convento delle Cistercensi bernardine d'Esquermes

Padre Celestino Giusti si sentì pervaso dalla tenerezza, vedendo entrare Remedios in lacrime. La sua protetta era scossa dai singulti. Tremava, quando lui la prese tra le braccia, paterno. Lei stava per chinarsi sull'inginocchiatoio nell'angolo della cella-biblioteca. Il cardinale la volle seduta accanto a sé.

Remedios si sentì rassicurata dal suo modo semplice e solenne di mantenere la serenità e infonderla negli altri. Aveva scelto la vita monastica anche perché affascinata dalla calma dei preti potenti.

Padre Celestino viveva circondato da libri, contenuti a stento da orribili scaffali di alluminio giallo, segno del suo distacco dalle cose materiali. Il pavimento però era un gioiello cosmatesco, un mosaico di marmi color alabastro, ametista, violetto, porpora: opera dei maestri rinascimentali della Sistina, nei ritagli di tempo. Dalla finestra entravano profumo di incenso e odore di minestrone.

«Mia cara, sono felice di vederti. Ti faccio preparare qualcosa di caldo. Tra poco starai meglio» disse padre Celestino.

«Mi perdoni, sono stata una stupida...»

«Per così poco?» Celestino Giusti sorrise: «Chi non è mai stato rapinato da una zingarella? Anche loro sono creature di Dio... Il seminatore lancia i semi, molti sono accolti dalla terra e danno frutto, ma qualcuno viene portato via dai passerotti del cielo... Non pensarci più. Dimmi piuttosto cosa c'era in quel telefonino che ti ha tanto turbata».

Remedios si strappò dall'anima il peso, raccontando – con meno imbarazzo di quanto temesse – quel che aveva visto.

Padre Celestino parve molto colpito. Assunse un'attitudine grave e insieme comprensiva.

«La casa del Signore è già fin troppo lordata dagli scandali per consentire anche questo. Gli schizzi di fango finirebbero ovunque, financo sulle vesti candide del Santo Padre. Non possiamo permetterlo. Non vogliamo, non dobbiamo. Vedrai, recupereremo il telefonino. E lo faremo sparire, per il bene nostro e di Santa Romana Chiesa».

«Grazie, padre. Ma lei come pensa di...»

«Siate candidi come colombe e astuti come serpenti» rispose padre Celestino, compiaciuto, come a dire: non chiedermi altro figlia mia, lascia fare a me.

Poi aggiunse: «E ora diciamo una preghiera per l'anima del cardinale Aldrovandi, perché il Signore nella sua infinita misericordia ne ricordi le molte virtù e perdoni le troppe debolezze».

Qualche istante di debolezza talora deve visitare pure i santi, visto che padre Celestino ebbe un rapido gesto di stizza, quando Remedios uscì. Questa storia del telefonino di Aldrovandi poteva rivelarsi promettente. Andava affrontata e risolta. Subito, prima che la venisse a sapere qualcun altro. Magari un cardinale senzadio, un adoratore del demonio, come Achille Tarchiani.

La lettera settimanale a padre Enzo Bianchi sarebbe stata scritta l'indomani.

Anche l'esame dell'icona bizantina poteva attendere.

Padre Celestino andò alla ricerca di un numero di telefono che non faceva da tempo.

Per prudenza, lo teneva in una vecchia agenda.

La trovò sotto una preziosa edizione del Deuteronomio.

Dovette chiamare tre volte, prima di avere risposta.

«Gricia, sono io. Puoi venire? Come quando? Adesso».

9

Via dei Coronari

L'urlo stridulo della vecchina si è sentito fino a piazza Navona.

Altre grida.

Il solito capannello di arrabbiati e di curiosi.

Un bengalese con il codino è caduto dalla bicicletta.

Con lui è caduta – dallo scatolone con la scritta «Deliveroo» – una quantità di sushi che potrebbe sfamare un villaggio africano.

Prima però il rider ha messo sotto la signora.

Nel quartiere tutti la conoscono: è la marchesa del quinto piano. Nobiltà decaduta. Garbo d'altri tempi. Canaste, canarini, consommé.

E ora è riversa a terra, sui sanpietrini, con un filo di sangue che le macchia la capigliatura azzurrina.

Non è niente di grave, ma tra i passanti è già partita la gara a chi affronta il bengalese in modo più minaccioso.

Gli si fanno sotto, volano i primi colpi, si sentono insulti, minacce.

Fino a quando non esce l'antiquario.

Si fa largo con la sua mole, afferra il rider per il collo, grida con un vocione che tutti possono sentire: «A negro de mmmerda, mo' te insegno io come se vive a Roma!»

Brusio di approvazione.

Anche se il rider non sarebbe nero, ma bengalese.

In ogni caso è annichilito dal terrore.

L'antiquario allenta un attimo la presa per dire agli altri: «E voi che state affa'? Aiutate la marchesa, no? Chi chiama er 118?»

Intanto mormora all'orecchio del ciclista: «Squagliatela. Prendi il primo vicolo a destra. La bici te la tengo io, vieni dopo a prenderla».

Poi ricomincia a gridare: «Mo' te ne torni a casa tua, ma prima te taji sti capelli der cazzo!»

La folla è molto soddisfatta.

L'ambulanza sta arrivando.

Nella scia dell'ambulanza, come sempre, quattro o cinque moto, e un furgone Iveco.

Sarebbe isola pedonale. Ma siamo a Roma.

«D-dottò, d-d-d-dove la mettemo?»

Il garzone è appena sceso dall'Iveco e indica un grosso pacco.

Benvenuta, tesoruccio, pensa l'antiquario, lo sguardo estasiato, la bocca piena di nigiri, la mano sullo scatolone Deliveroo.

«D-dottò... noi ciav-ciav-ciavemo un po' de fre-fre-fretta...»

«Portala dentro. Ma ce la fai da solo?»

«Giusto. S-s-s-Sergé, scenni e viemme 'n po' a

d-d-dà na mano, va. Intanto, dottò, se gentilmente me firma la bolla de co-co-consegna...»

Sopra c'è scritto: Leone Di Castro, antiquario – Via dei Coronari 22, 00186 Roma.

Cinque minuti dopo, nella piena luce del mezzogiorno, Leone – usando le forbici con delicatezza – taglia l'imballaggio.

Quando ha finito, fa due passi indietro.

Sei uno spettacolo, dice con un filo di voce.

Sei una meraviglia assoluta.

Vieni un po' qui.

Fatti accarezzare.

C'è qualcosa di erotico nell'accarezzare la cornice di uno specchio. Soprattutto se è una cornice dorata, intarsiata, e rubata.

L'antiquario sa come vanno certe cose.

Fino a poco tempo prima era esposta nel Castello di Chenonceau, in Francia, e custodiva il ritratto di Diana di Poitiers, l'amante del re Enrico II.

Dopo secoli, qualcuno deve aver detto: non me ne frega niente del ritratto, voglio la cornice. La voglio a casa mia.

Va esattamente così.

Solo in Italia, cinquantacinque furti al giorno. Il traffico delle opere d'arte è un affare gigantesco. L'antiquario che sta accarezzando la cornice l'ha scoperto molti anni fa, un'altra vita fa, indagando sulla Natività di Caravaggio, sparita a Palermo nell'autunno del 1969 – i ladri che scardinano la serratura dell'oratorio di San Lorenzo, staccano la tela con una lama, la arrotolano, fuggono – e da quella notte entrata nella leggenda. Cercata da polizia, carabinieri, guardia di finanza. E dai servizi segreti.

Per i servizi segreti l'antiquario ha lavorato a lungo. E per ritrovare il Caravaggio ha battuto tante piste, tutte false: la tela risultava nascosta in una stalla; appesa nella camera da letto di Gaetano Badalamenti; mangiata dai topi; distrutta nel terremoto in Irpinia; usata come scendiletto da Totò Riina; esposta nella villa londinese di un oligarca russo.

Un mistero.

Ma girando a vuoto dentro quel mistero, l'antiquario aveva capito due cose. La prima: le opere d'arte, letteralmente, gli procuravano eccitazione fisica. La seconda: ci sono opere che puoi solo guardare nei musei; e ce ne sono altre che puoi tenere a casa e accarezzare.

Non era diventato uno dei grandi collezionisti; ma lavorava per loro. I capolavori glieli trovava, o glieli faceva trovare.

Un trafficante. O un antiquario.

L'avvocato Matteo Grossi, tributarista di Firenze e collezionista di fama, lo aveva trattato con il riserbo che si deve a un antiquario e la spregiudicatezza che si impone con un trafficante. E gli aveva detto: «Mi serve una cornice speciale, per metterci lo specchio all'ingresso dello studio. Il prezzo non sarà un problema».

Era bastata una telefonata ad Arnaud, un amico che fa affari tra la Francia e l'Asia.

La cornice è davvero pazzesca.

Io, pensa adesso l'antiquario, l'avrei lasciata così, vuota. Da appoggiare a una parete. Solo da guardare. E invece quel cafone dell'avvocato di Firenze ci ha voluto montare dentro uno specchio.

Va detto che l'antiquario ha sempre odiato, fin da bambino, gli specchi.

Si osserva e si detesta.

Prova un senso di nausea.

Come ora.

Eccolo lì, riflesso.

Grasso e molle. Con una faccia tonda quasi senza mento. La barba rossastra.

Al suo attivo ha solo gli occhi. Azzurri.

Che poi gli abiti di sartoria non aiutano un cazzo, sospira.

E queste bretelle viola sulla camicia bianca servono solo a evidenziare la pancia.

Maledetta pancia.

Mentre se la controlla disgustato – mettendosi prima di fianco, poi di tre quarti – lo cattura un pensiero lento, cupo, triste: tra un'ora ha lezione di tennis al circolo.

Ha ricominciato da quando il presidente – potente uomo di sport – ha promesso di fargli scambiare due palle con Adriano Panatta, il suo mito di gioventù.

Non riuscirò certo a presentarmi con una tartaruga al posto di questo canotto, pensa lisciandosi i capelli all'indietro, ma almeno potrei cercare di non sembrargli all'ottavo mese di gravidanza.

Spegne le luci del negozio, infila la giacca blu, e sente squillare il telefonino.

Nella penombra, osserva il nome sul display.

Non risponde.

Il cellulare suona di nuovo.

L'antiquario lo infila nella tasca interna della giacca e prende la racchetta.

Il telefonino squilla per la terza volta.

Lui si morde la parte interna della guancia. Sbuffa. Decide di rispondere.

«Padre… lo so che è lei. Quando devo venire? Va bene».

La telefonata dura meno di un minuto.

Ci sono debiti che non si estinguono mai.

Mai, porca zozza.

E poi mi chiama Gricia.

Come ti permetti, brutto pretaccio, di chiamarmi con il mio soprannome?

Comunque, è chiaro: ci sono guai in arrivo.

Intanto, la lezione di tennis salta.

Poi, chissà.

Cioè, no.

Poi chissà un cazzo.

Prende il telefonino. Apre WhatsApp e scrive: «Me lo prepari uno spaghetto, stasera? Un bacio, Gricia». Aggiunge due cuoricini e due rose rosse.

Sta per uscire, ma è come se una mano lo prendesse per le bretelle e lo tirasse indietro.

Gricia allora si volta, attraversa il negozio ed entra in una stanza con le pareti foderate di velluto blu. Sposta due candelabri d'argento, un'acquasantiera in marmo. Apre la porticina di un tabernacolo del Settecento napoletano. E, trattenendo il respiro, osserva.

S'era ripromesso di non usarla mai più.

Adesso però ne è turbato e attratto.

Mette su un ghigno strano.

In fondo, pensa, la mia Sig Sauer P938 è l'unico oggetto moderno capace di provocarmi un brivido.

10

Stadio Olimpico, tribuna autorità

«Roma Roma Roma
core de sta città
unico grande amore
de tanta e tanta gggente
c'hai fatto 'nnamorà...»

Persino il potente senatore Giulio Nardi – ex potente, ex senatore – si intenerisce un poco, a sentire i settantamila dell'Olimpico cantare in coro l'inno scritto da Antonello Venditti. Tra Roma e Lazio non c'è partita, quanto a parole e musica.

Nardi va volentieri allo stadio – tribuna autorità ovviamente –, un po' per pubbliche relazioni, un po' perché lo considera un teatro anatomico per lo studio dell'animo umano.

A parte una vaga simpatia per la Roma, il senatore non è un grande tifoso. Il calcio è per lui il grande romanzo popolare che agli italiani è sempre mancato. L'unico Zola della nostra storia è Gianfranco, il numero 10, il tamburino sardo. Non abbiamo mai avuto Balzac o Tolstoj, Maupassant o

Dostoevskij; abbiamo però Meazza e Piola, Maradona e Totti; e, ovviamente, la scritta comparsa l'8 luglio 1982 sul maxischermo del Camp Nou di Barcellona prima ancora che la semifinale con la Polonia finisse, «el hombre de la cancha es Paolo Rossi (Ita)». Fu allora – il senatore Nardi ne è convinto – che l'Italia cambiò umore: dagli anni di piombo alla Milano da bere.

Stasera la partita è cominciata a ritmo prevedibilmente basso. Alla Juve basta un punto per vincere l'ennesimo scudetto. Proprio il punto che serve alla Roma per il quarto posto e la zona Champions. Il clima tra le due squadre è di placida intesa, rotto soltanto dalla curva Sud con un coro superstite dell'era industriale:

«Il lunedì
che umiliazione
andare in fabbrica e dire sì padrone
Juventini
ciucciapiselli
di tutta quanta la famiglia Agnelli...»

Andrea Agnelli, fingendo di non sentire, conversa fitto con il nuovo presidente della Roma Giovanni Malagò e con la sorella del capo dello Stato, molto juventina. Al suo fianco, Massimo D'Alema con sciarpa giallorossa, Favino l'attore, il suo collega Amendola. Flavio Cattaneo con Sabrina Ferilli, nel pieno della sua seconda vita da romanista dopo essere stata laziale. Vecchie glorie: Boniek e Carlo Verdone. Totti, richiamato dalla nuova gestione, ha sempre il body-guard che tiene lontane le tifose – Ilary preferisce così, stasera ha portato anche i figli Cristian e Chanel. Un altro ex calciatore invece accetta volentieri i bigliettini con i numeri di telefono delle ragazze: quelli delle brutte li mette nella tasca sinistra e li getta via, quelli delle belle li mette nella tasca destra e li chiama. E poi Claudia Gerini: c'è sempre, la Gerini. Ma la più fotografata è la mamma di Zaniolo, che continua a venire qui e scattarsi selfie anche se il figlio Nicolò è stato venduto al Manchester City per centoventi milioni.

L'Olimpico è l'unico stadio al mondo in cui ci sono fotografi orientati verso la tribuna autorità anziché verso il campo; come i cannoni del Papa, che non erano rivolti sui nemici ma sulla città.

Danilo Di Tommaso, potente capo ufficio stampa del Coni, ha faticato ad assegnare i posti in tribuna, come avesse dovuto organizzare un pranzo di gala con altezze reali e cardinali.

Il cardinale Achille Tarchiani, ad esempio, ha preteso e ottenuto la solita poltronissima, all'altezza del centrocampo, accanto a quella di Enrico Vanzina. Romanista, superstiziosissimo, il porporato tiene la posizione dai tempi dello scudetto del 1983, quando era un giovane monsignore della segreteria di Stato; e a ogni gol della Roma accarezza i lunghi capelli grigi dello sceneggiatore. Il rito prevede che Vanzina – stringendo in tasca il piccolo ferro di cavallo che gli regalò suo padre

Steno, quando scrissero il film «Febbre da cavallo» insieme – risponda: «Tarchiani, sei come tutti gli altri preti... giù le mani!»

Anche stasera Tarchiani fuma il suo fetido sigaro cubano, circondato dai famigli, con fare da padrone. La Roma nera e papalina, nostalgica dei pontificati conservatori, lo considera la grande speranza per riconquistare il papato, e sfila a omaggiarlo a ogni calcio d'angolo.

«Eminenza reverendissima, allora la attendiamo domani» gli sussurra la marchesa Gadda Della Rovere, temuta organizzatrice di party noiosissimi. Lui fa sì con la testa e la scosta con la mano, per non perdere il corner. Vanzina sorride.

Dietro di loro, affumicato dalle volute del sigaro, il ministro Dario Gianese si guarda attorno con l'aria di uno che ce l'ha fatta. Restituisce i gesti di saluto con piccoli cenni del capo, sorrisi brevi, talora un occhiolino d'intesa. Pubblicamente juventino, il suo cuore batte in segreto per il Wolfsburg.

Accanto a lui, Andrea Ferro, l'altro leader emergente del Popolo dell'Onestà, è curvo sul cellulare. Del calcio non potrebbe importargliene di meno; ma se Gianese va da qualche parte dove può incontrare qualcuno di importante, lui lo segue. Marcare a uomo, pressare, non distrarsi mai.

Dario e Andrea sono stati amici davvero, quando erano ancora bravi ragazzi; e anche da nemici non si perdono di vista.

Gli anni da emigrante in Germania hanno insegnato al ministro Gianese la gentilezza e la diffidenza. Sorridere a tutti e non fidarsi di nessuno. Una cosa gli era stata subito chiara, fin da bambino: doveva cavarsela da solo; nessuno gli avrebbe guardato le spalle; qualsiasi cosa fosse arrivata, doveva farsela piacere. Tanto non aveva nulla da perdere.

Lui e quelli come lui sarebbero rimasti sempre a bordocampo, se nelle loro vite non fosse entrata lei: la rete. La magia che fa di te un leader e magari pure un pensatore anche se scrivi libri che nessuno legge, anche se insegni in università semiclandestine, anche se sei un economista o un medico o uno scienziato di cui nei Paesi seri riderebbero.

Dario Gianese se ne era accorto la prima volta che, su consiglio di uno specialista, aveva postato la foto in cui addentava un hamburger, scrivendoci sotto: «È già ora di cena! E tu cosa stai facendo?»

Sul momento pure lui si era vergognato. Ma dopo venti secondi era già arrivata la prima risposta: «Ciao Dario, sono Federica da Poggibonsi, io sto preparando la frittata ai ragazzi! Sempre avanti così contro la casta!» Altri dieci secondi e aveva risposto pure Simone da Palmanova: «Beati voi che siete già a tavola, io sto ancora a rompermi le palle in falegnameria!» Cinque secondi e si era aggiunta alla conversazione Margherita da Giovinazzo: «Grande Dario, è venuta anche a me voglia di un hamburger, buon appetito!»

Gianese aveva capito l'incantesimo: Federica, Simone, Margherita nel loro sconfinato narcisismo pensavano che lui, il ministro, il futuro capo del

Popolo dell'Onestà, stesse parlando proprio con loro. E davvero volesse sapere cosa stavano facendo, cosa avrebbero mangiato per cena, e come si chiamavano i loro figli. Rispose quindi a Federica:

«Ciao Federica, come si chiamano i tuoi ragazzi?»

Non riuscì a leggere la risposta. Dieci secondi dopo gli scrisse pure lei: Greta, la ragazza che Dario ricordava bene. Molto aggraziata, molto bionda, molto tedesca, deliziosa con i dentoni le lentiggini i codini, non aveva mai considerato il ragazzo di Calabria. Certo, ora che era al governo... Ma ora è tardi.

Al 59', tagliando da destra verso l'area, il capitano della Roma Lorenzo Pellegrini salta veloce due juventini in dribbling, alza la testa, vede il portiere un po' fuori, pensa di mettere il pallone all'incrocio dei pali.

E ci riesce pure.

Una scossa elettrica sullo stadio.

Anche Dario Gianese, quasi di riflesso, salta in piedi, sottratto alla chat dal boato del pubblico. Tutti i romanisti sanno che di lì a qualche minuto la Juve pareggerà, ma si abbracciano lo stesso con entusiasmo.

«Tarchiani, giù le mani!» grida Vanzina. Qualcuno accenna un gesto dell'ombrello verso Andrea Agnelli, che fa finta di nulla. Nedved replica infastidito, da laziale.

Veronica Grassi, la giornalista del momento, che oggi è nera corvina, ne approfitta per chinarsi all'orecchio del cardinale senza essere notata, e mormorare: «Eminenza, si ricorda l'intervista? Me l'ha promessa, e le promesse si mantengono...»

In quella bolgia, Andrea Ferro si guarda attorno, si rende conto di aver riconosciuto un po' tutti i presenti, incassato quello che poteva incassare. Fa ciao a Vanzina, accenna un inchino al cardinale Tarchiani, e si avvicina all'orecchio del suo amico Dario: «Io vado. Hai visto chi c'è? Il vecchio Nardi, quello che hai salvato l'altro giorno davanti a Palazzo Madama. Vedi un po' se può esserti utile...»

«Sei il solito mascalzone» risponde Gianese.

«Ci sentiamo domattina, e salutami Elena» dice Ferro.

«Chi?»

«Come chi? Elena, la tua nuova fidanzata. Sempre più belle, te le scelgono».

E sulla parola fidanzata Ferro indugia un attimo, cantilenante, come chi sa che l'altro sa che lui sa.

11

Viminale

«Abbiamo avuto decine di presidenti del Consiglio, santi e banditi, bravi e incapaci, onesti e ladri. Ma uno così coglione non l'abbiamo avuto mai!»

Il ministro dell'Interno aveva la furia di chi deve obbedire – ma non per molto – a uno che percepisce come inferiore.

«Peggio che coglione. Furbacchione» rispose Tigellino.

Tigellino è il soprannome di Nando Racioppi, uno degli uomini meno conosciuti e per questo più potenti d'Italia.

Ex Fronte della Gioventù, ex capo ultrà della Lazio, era diventato l'ombra degli ultimi ministri di polizia, guidandoli sulla giusta strada, per poi abbandonarli quando capiva che volevano fare di testa loro, e stavano andando a sbattere.

Era successo anche a quell'altro ministro. Sembrava avere il Paese in mano. È sempre così: entrano al Viminale, si accorgono che è uno dei pochi posti che contano ancora qualcosa – puoi sapere tutto di tutti, puoi dare ordini e vederli eseguiti perché i carabinieri in realtà fessi non sono e i poliziotti neppure –, insomma assaporano il potere vero e poi si dicono: perché a Palazzo Chigi c'è lui e non io? Tutti però finiscono per sopravvalutarsi, e commettere un errore fatale.

Come, appunto, quell'altro ministro.

Matteo Salvini prometteva bene. I duri del Viminale lo amavano, gli piaceva vederlo in divisa. Lui aveva chiesto e alla fine ottenuto "pieni poteri". Poi arrivò la nave dei negri di fronte a Catania, lui la tenne in mare per un mese, i sondaggi erano al massimo storico, ma l'ultima notte una tempesta imprevista – il colonnello del servizio meteorologico dell'Aeronautica fu licenziato ma ormai era tardi – la affondò. Morirono donne e bambini, si salvarono pochi uomini adulti, lui dovette ripescare e seppellire le vittime e accogliere i superstiti. Fu uno scandalo internazionale. Dopo aver ricevuto due telefonate quasi in simultanea dal Papa e dal Quirinale, si dimise.

Molto soddisfatto, il Papa. E pure il Quirinale, dai.

Caduto il governo, il nuovo esecutivo di salute pubblica – sostenuto da Pd e Popolo dell'Onestà – aveva riscoperto Francesco Ambrati. Cresciuto nella Federazione giovanile comunista. Sempre in abito blu, cravatta blu, i capelli neri tinti. Con Tigellino da ragazzi avevano fatto a botte, cosa che li avrebbe uniti per sempre. Entrambi disprezzavano i nuovi arrivati, ma erano stati abili a farsi cooptare nella stagione del cambiamento. Però non potevano proprio sopportare il presidente del Consiglio. Troppo coglione.

«Tigellì, dobbiamo sfatare il sortilegio. Perché tutto è possibile, in Italia: avremo una donna premier, poi un migrante premier, infine uno zingaro premier; ma un ministro dell'Interno che diventa premier, e riesce a restarlo, quello mai» disse Ambrati.

«Dai Francesco, non fare così, che porta male» rispose Tigellino.

«Non hai capito: stavolta sono proprio incazzato. Incazzato come Mussolini dopo il discorso di Matteotti».

Entrambi, l'ex fascio e l'ex comunista, erano grandi ammiratori del Duce e delle sue gesta.

Tigellino si infervorò fin quasi alle lacrime, la voce accesa dall'ammirazione: «Il discorso di Matteotti... il Duce lo prese proprio male...»

Ammirazione per il Duce ovviamente, non per Matteotti.

«Lo prese malissimo». Il ministro Ambrati si era alzato in piedi e misurava lo studio a larghi passi.

«Mussolini entrò nella sua stanza, qui al Viminale perché l'Italia si comanda qui dal Viminale, e cominciò a urlare: "Che fa Dumini? Che fa la Ceka? Perché questo Matteotti non me l'hanno tolto di torno?"»

Tigellino conosceva troppo bene la storia della violenza politica in Italia per non ricordare l'episodio nelle sue sfumature. Un uomo di potere non ordina mai un delitto. Mussolini non ordinò esplicitamente a Dumini la morte di Matteotti. Andreotti non disse mai a nessuno di eliminare Pecorelli. Del resto si diventa Tigellino perché si capiscono le cose senza che vengano dette.

Talvolta può accadere di combinare guai. E di

rendere al capo un pessimo servigio. Per questo bisogna stare accorti.

Tigellino si accese la pipa, come quando aveva bisogno di riflettere.

Il presidente del Consiglio in carica non aveva nulla del coraggio e della grandezza di Matteotti. Non era degno di un trattamento simile. Non servivano picchiatori per toglierselo di torno. E poi il delitto politico non si usa più. Bisogna inventarsi qualcos'altro.

Forse c'era un motivo per cui in Italia il ministro dell'Interno faticava tanto a diventare premier, e a restarlo.

Siamo un Paese troppo tranquillo, si disse Tigellino: gli unici attentati ce li siamo fatti da soli. E con gli islamici abbiamo sempre trattato.

Ma di questi tempi, prima o poi, l'emergenza arriva.

L'allarme per la sicurezza nazionale, la paura quella vera, arrivano.

L'attentato che scatena una serie di vendette, impone una svolta d'ordine, esige un uomo di polso al comando.

Prima o poi dovrà succedere.

12

Campo dei nigeriani, Fabbrica della Penicillina

Kisingo ha fatto scorrere le foto almeno venti volte, fumando Marlboro morbide.

Davanti a lui, Alexandra, la zingarella, comincia a spazientirsi. Dragomir può aver fiutato il tradimento, può averla fatta seguire.

«Allora quanto mi dai, fratello nero?»

Kisingo ride con i denti, gli occhi, la faccia. Quando Kisingo ride, ride tutto. La ragazzina, oltre al coraggio, ha senso dell'umorismo.

«Fratello Migrante» è scritto all'ingresso. Il campo è nella vecchia Fabbrica della Penicillina, a San Basilio: via Tiburtina 1040. Occupata dai neri, e gestita da una cooperativa di volontari e di frati. Presidente, Andrea Saponaro, vecchio malvissuto, capo del servizio d'ordine di Lotta continua, poi consigliere regionale di Forza Italia. I frati però sono brave persone.

Kisingo è stato messo a capo del «Reparto Italiani». Il suo compito è vigilare su un'ala della fabbrica che accoglie drogati e spacciatori, ragazze madri e padri separati. Leader naturale, Kisingo si è fatto la sua piccola corte di pretoriani, che regolano le risse, soccorrono gli adolescenti in crisi d'astinenza, e allontanano chi rompe troppo i coglioni. Si è anche assegnato l'ex ufficio del caporeparto, arredato secondo il proprio gusto: frigo con il vino ghiacciato; branda per collaudare le donne appena arrivate dall'Africa; foto del professor Meluzzi, grande esperto di mafia nigeriana, vestito da diacono della chiesa greco-melchita; e tirassegno con il volto di Matteo Salvini. Quello che doveva cacciare mezzo milione di negri.

«Allora, fratello nero?» chiede Alexandra.

«Sorella rom, non rompere» ride ancora Kisingo.

Sta pensando che quelle facce chiuse nel telefonino rubato non gli dicono niente. Tranne forse quella del negro, che gli sembra di avere già visto. Magari è solo un'impressione. Eppure in quel groviglio di corpi nudi e sudati sente che c'è qualcosa di interessante. Non è il set di un film porno: sono foto amatoriali, scattate in una casa di lusso. Di questo è sicuro: perché per anni, quando era più giovane, e faceva le consegne per la salumeria Dandoli di viale Parioli, ne ha visitate a decine di case così. Qualcuna anche entrando dalla finestra.

Sì, quest'orgia può diventare un affare.

«Allora, quanto?» gli ripete Alexandra.

Kisingo allunga alla zingarella una banconota da cento euro.

«Il telefonino vale il doppio» sibila lei.

Kisingo le fa la linguaccia, come un diavolo dell'inferno dantesco.

Alexandra vorrebbe tenere duro. Ma non ha mai

posseduto un biglietto da cento euro in vita sua. Cento euro rubati a Dragomir.

«Va bene: ma sei tu che fai l'affare, non io» dice Alexandra.

Poi si gira ed esce.

Kisingo resta solo. Sbuffa. Spegne la sigaretta. Tira un'altra freccetta a Salvini.

Ridà un'occhiata alle foto.

Si sofferma su quella del braccio con il serpente tatuato.

Decide: meglio chiamare il notaio.

13

Trastevere

Funziona così.

Non è detto che funzioni bene. Però dentro ogni storia d'amore, per bizzarra che sia – e questa è certo bizzarra –, c'è sempre un reciproco compiacimento, una complicità incolpevole, che serve a tutti e due per farsela sentire unica e giusta. Magari giusta solo per quel momento; però giusta.

Ma queste sono chiacchiere.

Qui, tra loro, funziona così.

Lui le fa trovare l'occorrente sul tavolo di marmo della cucina. Questa sera: pecorino romano da grattugiare, guanciale del salumificio Sano di Accumoli, spaghettoni del pastificio abruzzese Mancini.

Gli ingredienti per una pasta alla gricia.

Perché quando è triste, o nervoso, o semplicemente si sente solo e grasso, lui ha bisogno d'un piatto – possibilmente due, a volte tre – di pasta alla gricia.

Che sarebbe l'amatriciana senza pomodoro.

Un piatto forte, dai sapori definitivi. Il piatto

ottocentesco dei pastori dell'Alto Lazio. Il piatto che gli ha dato il soprannome.

Lei poi entra e sa cosa fare.

Adesso è già lì, la padella d'alluminio sul fuoco.

Emmanuelle ha imparato a cucinare dalla madre. I cubetti di guanciale – è la regola – devono diventare croccanti. Se ti distrai – basta qualche secondo di fiamma in più – li perdi, si bruciano. Ma Emmanuelle sa quando sono croccanti al punto giusto, quando è arrivato il momento di sfumarli con il vino bianco. Anche se qui, a casa dell'antiquario Leone Di Castro detto Gricia, si sfuma solo con lo champagne.

«A Grì, che se bevemo stasera?»

«Philipponnat Clos des Goisses del 2007».

Gricia esce a stappare sulla terrazza. I tetti di Trastevere, i lampioni gialli di via Dandolo, la luna bassa sul Gianicolo: il colpo d'occhio è lo stesso di quando era bambino.

Ci è cresciuto, in questa casa. Il padre, tipografo dell'Unità, morì quando lui aveva due anni. Allora nel centro di Roma abitavano i poveri. La madre andò a fare la cassiera nella rosticceria di piazza San Cosimato. Vivevano in affitto. E l'affitto si mangiava quasi tutto lo stipendio. Così si trasferirono alla Montagnola.

Molti anni dopo, quando ha scoperto che i proprietari avevano messo in vendita l'appartamento, Gricia se l'è comprato, e l'ha rifatto. Un open space, una camera da letto, il bagno con la sauna. Un capriccio. Come le rose che ha deciso di coltivare.

«Te l'ho mai detto che la rosa era il fiore preferito di mia madre?»

Occhi liquidi, voce spezzata.

Emmanuelle: «A parte che poi ste rose te diventano quasi sempre salme… Però mamma de qua, mamma de là… ma ce pensi se mamma vedesse quanto te sei ingrassato?»

Poi si volta e ride. La risata di Emmanuelle è una risata piena, contagiosa, con le fossette e tutto.

Lei ha portato un'allegria inattesa nella vita di Gricia. Da subito. Dal pomeriggio di due anni fa, quando in via Sistina, invece di scopare, risero per un'ora. Si erano appena conosciuti, e ridevano. Poi, certo: Emmanuelle volle comunque i trecento euro.

Allegra e bellissima. Senza sogni. L'amore tradotto in un tariffario. Però con Gricia ha scoperto un'insospettabile vena di tenerezza. Il ciccione così pieno di manie, tormenti, ombre, le scatena tenerezza.

Così, quando capita, gli viene a cucinare.

Così, quando capita, ci fa l'amore: gratis.

L'amore platonico non esiste, e se esiste è per i masochisti.

Ora lui la guarda dalla terrazza.

Ha un paio di jeans larghi, una canottiera bianca senza reggiseno, i capelli a coda di cavallo, è scalza.

«Quante volte te l'ho detto che hai dei piedi stupendi?»

«A Grì, io passo tutto il giorno a combatte co' sadici e feticisti… mo' vedi de famme cucina' in grazia de Dio, eh?» risponde lei mentre scola gli spaghettoni.

Gricia, alla luce delle candele, con la testa nel piatto.

«Prima dimme com'è» chiede Emmanuelle.

«Commovente» risponde lui masticando con voracità.

«E mo' dimme perché l'hai voluta».

«Perché oggi... niente: mi ha telefonato un prete amico mio, un cardinale, padre Celestino».

«Un amico della tua vita passata?»

«Sì, uno dei tempi andati. Ci siamo visti».

«E che voleva zi' prete?»

«Devo trovargli un cellulare».

«E perché nun po' entra' da solo in un negozio?»

«Il cellulare che devo trovargli era di un altro cardinale. Morto. E dentro ci sono alcune sue foto, diciamo così, imbarazzanti. Solo che sto cellulare è sparito».

«Mortacci... hai capito quanto so' zozzi sti preti... Ma te l'ho mai raccontato di quel seminarista spagnolo che me chiese de manaje mentre era in ginocchio cor rosario in mano?»

Gricia si sta servendo dalla padella una seconda porzione, quando si sente l'avviso di WhatsApp.

«Chi è a quest'ora?» chiede Emmanuelle, che qualche volta, senza volerlo, si ritrova a fare la fidanzatina.

«Una certa suor Remedios» risponde Gricia, controllando il display. «È quella che ha trovato e poi perso il cellulare. Dovrò incontrarla».

«Famme un po' vede' sta suorina...»

Apre la foto del profilo.

«A Grì, ma questa è na fica!»

14

Circolo Canottieri

Il notaio si chiama Angelo Maria Brufani, Bubi per gli amici: naso a becco d'aquila e un gran mento, faccia quadrata, capelli corti e brizzolati, ex rugbista, sempre in ghingheri, tonico.

Cocainomane.

Moralità da satanista.

Gira con una Bmw X7 – «cinque metri de macchina» –, ha uno studio ben avviato ai Parioli, è socio di un noto circolo sul Tevere.

Ufficialmente il notaio Brufani è specializzato nel settore immobiliare, in realtà non disdegna altri lavoretti remunerativi. Tipo rendere regolari le proprietà di auto, negozi, case a gentaglia varia. E lavorare con i ricettatori. Kisingo si rivolge a lui quando gli capita sottomano qualche fuoriserie.

Però ora, sottomano, ha un telefonino.

Lo estrae dai pantaloni.

Ha parcheggiato davanti al circolo.

È una splendida domenica di tarda primavera, i soci sono quasi tutti al Circeo o ad Ansedonia. L'ex capitano della Lazio sta seguendo con l'iPad le corse dell'ippodromo di Follonica sul sito Snai – la pagina dei cavalli del Corriere dello Sport purtroppo non la fanno più. In un tavolo d'angolo, il capostruttura Rai Franco Braccaglia esamina con occhio esperto l'ex finalista del «Grande Fratello», Deborah Pittelli, che vorrebbe restare nel giro, e ha buone probabilità di riuscirci. Il capo delle relazioni esterne della multinazionale del tabacco Luca Sebastiani ha prenotato un tavolo con vista sul fiume per impressionare il console olandese Adrian Van Loon. Il cameriere esce dalla cucina con una treccia di bufala, incrocia lo sguardo dell'antiquario Leone Di Castro detto Gricia – «Dottò, stasera è squisita: ne porto una pure a lei?», «No grazie, per me solo una centrifuga, devo allenarmi» – e deposita il vassoio davanti ai coniugi Della Rocca: lui proprietario di un'impresa di pulizie, lei di un quantitativo importante di plastica e botulino, labbra come würstel, seni esplosivi – e già una volta esplosi. Il suo amante, professor Mario Brancati, giurista di fama, è seduto al tavolo accanto.

E il bello è che a essere gelosissimo è l'amante, mentre il marito ignaro non vede, non pensa, non sa.

Quando le storie durano da molto tempo, il vero cornuto è l'amante.

Il cornuto è sempre quello che sa.

Al circolo hanno visto, vedono, vedranno di tutto e Kisingo non sarebbe di troppo, ma il notaio Brufani preferisce non rischiare.

Appuntamento vago. «Mi faccio fare un massaggio, poi ho il bagno turco. Tu aspettami all'uscita. Solito posto».

Dopo il cancello. Sotto al primo lampione.

È la terza volta che il notaio guarda la galleria delle foto.

Allarga le immagini usando il pollice e l'indice. Poi si ferma. Ingrandisce bene la seconda foto.

«Mannaggia la zozza...»

Quel volto trasfigurato forse più dal dolore che dal piacere, quel corpo prono davanti allo specchio.

Quel volto.

Sì, pensa, è lui.

Il cardinale Aldrovandi.

E poi c'è quel braccio.

Un braccio con un serpente tatuato, che ha l'aria di aver viaggiato per tutto il corpo.

Anche il serpente: gli sembra di averlo già visto. Gli verrebbe da dire che l'ha visto in tv, ma non gli pare possibile.

Il notaio decide che non può farla troppo lunga.

Più tempo passerà a riflettere, più il nigeriano si ingolosirà.

Posa il cellulare sul cruscotto, accanto al permesso per disabili, ovviamente falso. Guarda nello specchietto, ma non vede nessuno. Non vede neanche Gricia, che sta uscendo dal circolo.

Si rilassa e dice ruvido a Kisingo: «Allora, amico mio: non sai che fartene di questo cellulare, eh?»

«Dammi duemila euro, ed è tuo» risponde Kisingo, cercando un tono di voce risoluto.

«Che cazzo hai dettooo?»
«Duemila».
«Senti, amico mio negro: mi stai simpatico. Tu e io, ogni tanto, facciamo qualche affaruccio insieme e va bene, va bene tutto. Ma non è che puoi pensare di farmi il fiocco, questo no...»
«Duemila» insiste Kisingo.
«Allora, facciamo così: io ti do cinquecento euro. Tu te ne vai contento, perché cinquecento non sono pochi, e io mi tengo questo cazzo di cellulare che se no tu ti daresti in testa. Va bene?»
Kisingo riflette: in effetti, me lo darei in testa.
Sospira: «Va bene va bene... Dammi cinquecento euro, porca troia, tu sempre guadagni grandi, io sempre guadagni piccoli».
Il display del cellulare, appoggiato sul cruscotto, è ancora acceso.
Che gran porco, però, il cardinale. Pure le foto con le prede. Come un adolescente.

15

Parioli

«Ti sei messa i jeans... Perché?»

Lei ricorda perfettamente il colloquio d'assunzione: Diamante cara, non me ne frega niente se è estate o inverno, se fuori c'è il sole o nevica, perché tanto ormai pure qui a Roma, ogni cazzo di inverno, nevica.

A studio devi venire vestita carina.

Carina: cioè, sexy.

Sempre in gonna, meglio se minigonna, sempre in autoreggenti o reggicalze. Sempre con i tacchi.

Sei la mia segretaria personale.

La segretaria di Bubi Brufani.

Quindi questo non è un desiderio, ma un ordine.

Quasi, un ordine – gli era venuto spontaneo il suo solito sorriso allusivo da piacione romano.

Ora Diamante gli risponde, facendo scricchiolare i tacchi sul parquet e girandosi di spalle davanti alla scrivania, il corpo sodo e compatto, i capelli biondi sciolti, le mani con lo smalto grigio sui fianchi: «Però devi ammettere che questi jeans mi fanno un bel culo, signor notaio, o no?»

Lui ha messo su una specie di broncio – un

piacione romano con il broncio è un coglione al quadrato.

Poi indica il piccolo busto di Mussolini in argento che usa come fermacarte.

La segretaria conosce il rito. Si accosta alla scrivania, si china sul busto di Mussolini, lo bacia sulle labbra. Poi bacia il notaio. Infine il notaio lancia il bacio alla foto del padre Nicola in divisa da balilla. Il bacio del Duce.

Fa parte del contratto. Come i cinquecento euro in nero.

È adesso che squilla il cellulare di Bubi.

Lui di solito non risponde, ma questa è una telefonata importante.

«Carissimo Giulio! Grazie di avermi richiamato... Sì, ecco, dovrei parlarti di una certa cosa... una cosa un po' riservata e... va bene, magnifico: ti aspetto».

L'ex senatore Giulio Nardi è uno scienziato del potere. Per tutta la vita è scivolato tra il Quirinale e il Vaticano, la Confindustria e la Cgil, la Rai e i servizi segreti, garantendo tutti e non scontentando nessuno; ma anche badando a non accontentarli del tutto. Non parlava mai male di un nemico, lasciandogli intendere che avrebbe potuto prima o poi diventare amico. In questo modo ha attraversato la lunga era democristiana e la Seconda Repubblica. Mai sul palcoscenico a esibirsi; sempre dietro le quinte a reggere i fili.

E ora non intende certo cedere l'intera scena a questi ragazzini cattivi.

Piccolo, magro, colto, educato, Nardi resta un fuoriclasse della politica. Ma non pare adatto ai tempi. Non farebbe mai un tweet. La sola idea di aprire un account lo disgusta, e ha fermamente consigliato al Papa di non farlo, quando gli aveva domandato un parere. Nessuno gli ha mai chiesto un selfie, perché molti italiani non hanno mai visto le facce di chi li ha governati in segreto per decenni.

A malincuore, Nardi si è ritirato in disparte, forte dell'unica arma utile nelle circostanze oscure: l'attesa. Attendere qualcuno o qualcosa capace di riportarlo al potere. Perché il potere ha sempre bisogno di un uomo che sa come fare le cose, e non è una carogna.

Non del tutto, almeno.

Ma anche le carogne autentiche come Bubi, il notaio Bubi Brufani, servono sempre a quelli come lui.

Quando ha ricevuto l'sms, letto come d'abitudine il giorno dopo (Nardi non usa WhatsApp e non sa cosa sia Telegram), ha provato nello stesso tempo repulsione e interesse. Repulsione, perché conosce Brufani, le sue frequentazioni sordide, la sua rivoltante volgarità d'animo. Interesse, per gli stessi motivi.

Il notaio si fruga in tasca e tira fuori il cellulare.

Quel cellulare.

«Allora, carissimo Giulio: mi ritrovo questo telefonino, che contiene qualche foto… Foto di una persona che conosci. Robetta pesante. Ma giudica tu. Se guardi, capisci subito».

Giulio Nardi è infastidito. Dall'allusione del notaio, e soprattutto dal fatto che non sa bene come maneggiare il cellulare, come trovare la galleria delle immagini.

Bubi lo osserva: il viso un po' rinsecchito ma impassibile, gelido, non un battito di ciglia, le labbra sottili e serrate. Nota i leggendari gemelli ai polsini della camicia: sono davvero d'oro massiccio, e a forma di croce.

Dopo quattro minuti e venti, Nardi posa il cellulare sul tavolo e dice, la voce monocorde: «Cosa pensi dovrei farci?»

«Be', sì, insomma... Hai visto, no? C'è il...»

«Bubi, non ti ho chiesto di dirmi chi c'è: ti ho chiesto cosa dovrei farci, secondo te».

«Quello che vuoi, Giulio, quello che vuoi. Ma foto del genere è meglio che stiano nelle tue mani» risponde il notaio.

«No. Preferisco sapere che le hai tu. Grazie per aver condiviso con me questa informazione. Cosa vuoi in cambio?»

«Niente. Zero. Consideralo un gesto di pura amicizia».

«Bubi, devi giurarmi che non farai girare una sola copia delle foto».

«Parola d'onore: me le sarò viste cento volte, e le ho imparate a memoria. Ma non ne esistono copie».

«Va bene. Allora te le devi dimenticare. Io, invece, mi ricorderò di questo tuo regalo».

Ecco, appunto – si ripete il notaio Bubi nel pozzo nero del suo ventre, rimettendosi il telefonino in tasca – cerca di ricordartene brutto figlio di puttana. Perché qualche cortesia, prima o poi, stai sicuro che verrò a chiedertela.

16

Campo dei nigeriani, Fabbrica della Penicillina

Kisingo è in grazia di Dio.

Con i cinquecento euro incassati dal suo amico Bubi si è comprato: una giacca di pelle rossa, dieci dosi di coca, una cassa di vodka, una scatola di proiettili, tre nuove ragazze. Dopo un pomeriggio impegnativo, ora ha voglia di rilassarsi con il suo gioco preferito: «Soliti ignoti».

Kisingo è un campione. Ha anche il poster di Amadeus in ufficio. Tutto il Reparto Italiani si raduna attorno all'unico televisore, il suo. E ogni sera qualcuno prova a sfidarlo. Ma perde sempre.

Kisingo conosce gli uomini. Più ancora le donne. Di ognuno conosce i molti vizi e le poche virtù. Riesce sempre a indovinare che lavoro fanno. A distinguere un camionista da un urbanista son capaci tutti. Distinguere al volo chi gioca in Borsa da chi aggiusta i telescopi, chi toglie l'amianto da chi vende criceti, è molto più difficile. Ma Kisingo non sbaglia mai. Un dono di natura.

Il suo sogno è partecipare alla trasmissione e ascoltare Amadeus dire: uno dei personaggi misteriosi di stasera è il capo della mafia nigeriana a

Roma. Ma lo riconoscerebbero subito. Per questo non lo invitano. Una vergognosa discriminazione.

«Soliti ignoti», pensa Kisingo, ha un unico difetto: è preceduta dal tigì. E Kisingo davanti al tigì si annoia profondamente.

Lo annoiano i politici, che trova tutti uguali.

Da anni, pensa Kisingo, avete preso noi negri come capro espiatorio di ogni male. Tutti avete minacciato di cacciarci; eppure siamo ancora qui. Come gli amici zingari: indistruttibili. Immortali. Da migliaia di secoli. La civiltà occidentale sarà estinta, e gli zingari ci saranno ancora. E avranno milioni di case intonse da svaligiare.

I suoi pensieri si fondono con la voce del tigì.

«Nella conferenza stampa, il ministro ha appena annunciato il nuovo piano di...»

Kisingo si drizza di scatto. In tv ha appena visto il ministro. Quel ministro.

«... decine di migliaia di posti di lavoro...»

Kisingo non ascolta. In piedi davanti allo schermo, aspetta ansioso – mentre parla un giornalista particolarmente zelante – che tornino le immagini del ministro.

«... un progetto innovativo che porterà l'Italia nel terzo millennio, ha ribadito il ministro...»

Adesso la telecamera inquadra di nuovo le mani che stringono le carte del nuovo piano.

Kisingo vede, ormai senza possibilità di dubbio o di errore, la testa del serpente spuntare da sotto il polsino.

Quel tatuaggio. Quel ministro.

17

Via della Conciliazione

È uno di quei campanelli di ottone senza targhetta, incassati nella parete. Lo spingi e non succede niente: ma sai che sta suonando da qualche parte.

Gricia aspetta e pensa di avere un paio di problemi piuttosto urgenti.

L'ultima volta che ha parlato con una suora è stata una quarantina di anni fa. Per un breve periodo, la madre l'aveva mandato all'asilo delle monache carmelitane scalze, in via della Lungara. Un postaccio. L'odore di brodo di pollo. E i baffi di suor Matilde, la befana sadica che costringeva un bambino cicciottello e goffo a mettersi in ginocchio sui ceci.

Per questo, adesso, Gricia odia il brodo di pollo, i ceci e, naturalmente, le suore.

Il secondo problema gli appare persino più grande: ha prenotato un'altra lezione di tennis, stavolta in notturna, il maestro l'aspetta al circolo alle nove, e quindi ha poco tempo da perdere. Sbuffa: l'idea che presto potrà scambiare due palle con Adriano Panatta comincia ad angosciarlo.

Controlla l'orologio.

Guarda a destra e a sinistra.

L'ingresso è verso la fine di via della Conciliazione.

Il cardinale Aldrovandi abitava qui, a pochi passi da piazza San Pietro. Abitano tutti da queste parti, pensa Gricia. Anche il cardinale Tarchiani. Pure l'attico di settecento metri quadrati dell'ex segretario di Stato Tarcisio Bertone è da queste parti, ma dentro le mura vaticane.

Gricia alza gli occhi: questo è un magnifico palazzo di marmo, sopra le grandi finestre ci sono capitelli e putti, e i riflessi dei lampioni, nel riverbero del tramonto, rendono la facciata ancora più imponente.

Quando riabbassa gli occhi ne trova altri che lo fissano.

Sono neri.

Anche i capelli sopra gli occhi sono neri.

E la tonaca è nera.

Restano a guardarsi.

Poi lei dice: «Sono suor Remedios».

Lui pensa che se non arrivasse da una donna vestita da suora, e che dice di essere una suora, sarebbe una voce calda, accogliente, piena di promesse.

«Piacere... sono Leone Di Castro. Mi fa entrare?»

«Escluso» dice lei, rinunciando a ogni progetto di sorriso.

«Quindi?»

«Quindi deve trovare un posto tranquillo, dove possiamo parlare».

«Certo, va bene. Allora prendiamo un taxi e...»

«Perché, non è venuto con la sua macchina?» chiede lei, con una smorfia di sincera sorpresa.

«No. Non possiedo una macchina. Uso i taxi».

«Nostro Signore ci ha dato le gambe per camminare. Andiamo».

Lui ha ordinato un calice di Billecart-Salmon, lei un bicchiere d'acqua minerale.

L'enoteca è vuota, siedono al tavolo dietro la colonna: hanno attraversato il ponte degli Angeloni senza rivolgersi la parola, lui avanti e lei dietro, ma era lei che, incalzandolo, gli dava il ritmo. Così quando sono entrati qui, da Giulio Passami l'Olio, la camicia di Gricia era zuppa di sudore.

Si è tolto la giacca e si è allentato le bretelle.

«Suda sempre tanto?» chiede adesso Remedios, l'aria vagamente divertita.

«Sorella, mi parli di quel telefonino» risponde freddo Gricia. Anche se nella sua testa si affollano diversi pensieri. Nell'ordine: dalle pieghe che fa la tonaca, deve avere gambe magre; le mani sono sicuramente magre e molto belle; il viso ricorda quello di Penelope Cruz, ma senza il naso un po' da topo; non pensavo che ci fossero in giro suorine così.

«Prima però» chiede Remedios «mi dica chi è lei di preciso: un poliziotto o un investigatore privato?»

«Sono un antiquario. Mi occupo di opere d'arte. Le cerco, le recupero. Anche se, stavolta, il nostro comune amico mi ha chiesto di recuperare un telefonino...»

«Un antiquario?» sorride Remedios, mettendosi a mani giunte.
«Esatto, sorella. Ora può dirmi quello che sa?»
«Il telefonino apparteneva al cardinale Michelangelo Aldrovandi. Un peccatore, inutile negarlo. Ma mi era stato comandato di accudirlo, e io questo, per amore di Dio e senza farmi domande, ho sempre fatto...»
Penelope Cruz, pensa Gricia, ha anche recitato la parte di una suora. In un film di Almodóvar. Una suora bellissima. E viziosa.
«Ma mi sta ascoltando?»
«Certo, sorella. Continui».
«Quando il corpo fu ritrovato a bordo di quell'auto, parcheggiata fuori da Porta Sant'Anna, un uomo della gendarmeria vaticana venne subito a chiamarmi. Il cardinale indossava abiti borghesi e...»
«Mi spieghi meglio: perché?»
«Perché quando usciva la notte, e solo Nostro Signore sa per andare dove e a fare cosa... anzi, no, ora lo so anche io e tra un po' lo saprà anche lei, ecco quando usciva la notte il cardinale Aldrovandi badava a non essere riconosciuto. Così metteva una giacca blu, una camicia di seta nera e jeans strappati».
«Strappati?»
«Sì, strappati... Alla moda, diciamo».
«Mi scusi, l'ho interrotta».
«Quando mi dissero della sua morte, gli portai l'abito talare, lo zucchetto rosso e la catena con il crocefisso d'oro. Lo trovai che giaceva su

un divano letto. Feci uscire tutti dalla stanza e iniziai a cambiarlo. Ma, a un certo punto, mentre cercavo di sfilargli la giacca, scivolò a terra un telefonino...»

Gricia adorava il passato remoto sudamericano con cui Remedios stava raccontando la storia.

«... Rimasi colpita da due cose: innanzitutto, non era il suo vecchio BlackBerry, ma un telefonino di quelli moderni, un iPhone, piatto come un santino. E poi era uscito dalla tasca interna, mentre lui mi ripeteva sempre che, se si vuole bene al proprio cuore, i cellulari vanno tenuti nei pantaloni».

«Possiamo quindi immaginare che il cardinale possedesse un telefonino segreto e che qualcuno glielo abbia infilato nella giacca».

«Esatto. Perciò mi sono incuriosita e ho fatto ciò che forse non avrei dovuto. Me lo sono portato via. Non l'ho consegnato alla gendarmeria. Poi, tornata nella mia camera...»

Remedios interrompe il racconto e chiede al cameriere un altro bicchiere d'acqua. Gricia tira fuori il suo Moleskine con le pagine a quadretti e un pennarello nero dalla punta sottile.

«Credo che sarà meglio prendere qualche appunto».

Remedios annuisce e posa il bicchiere. Poi accenna un rapido segno della croce, e prosegue.

«Nel telefonino non c'erano messaggi, né WhatsApp. C'erano solo alcune foto...»

«Quante?»

«Quattro. Io ne ho aperte e viste quattro».

«Mi descriva le foto».

«Non è facile...»
«Ci provi».
«Erano tutti nudi, a parte il cardinale, che aveva i calzini».
«Sorella, capisco il suo imbarazzo. Ma dovrebbe sforzarsi di essere un po' più precisa. Con Aldrovandi quante persone c'erano?»
«Quattro».
«Il cardinale si era fotografato con ognuno dei partecipanti all'orgia... al gioco, voglio dire?»
Remedios piegò il capo.
«Sì, credo di sì».
Proviamo a descrivere queste persone?
«Allora: c'era una ragazza giovane, molto giovane, con i capelli biondi e corti... un uomo di colore... e un'altra ragazza con i capelli scuri e lisci che però aveva anche il...»
«Che però aveva anche il?»
«Un ermafrodito, dottor Di Castro. Era un ermafrodito».
«Un trans?»
«Lo chiami come vuole. Ah, e poi...»
«Cosa?»
«No no, niente».
«Cos'altro c'era? Guardi che tutto può essere importante».
«Nell'ultima foto compariva anche un ragazzo. Il volto non si vedeva bene, in primo piano c'era un braccio... mi ha colpito perché sul braccio aveva uno strano tatuaggio».
«Quale tatuaggio?»
«Un serpente. La testa era disegnata sulla mano,

e poi il serpente era come se risalisse lungo il braccio».

«Quattro persone e un braccio».

«È così».

«Dove erano? Voglio dire: erano in un appartamento, o le è sembrata una camera d'albergo? O anche una suite, visto che erano in molti...»

«Questo non so dirglielo. Le ho detto che non ho più il telefonino».

«Cerchi di ricordare».

«Erano su un letto... Poi s'intravedeva un grosso specchio, forse c'era anche una poltroncina».

«Ora, mi dica: oltre al cardinale, ha riconosciuto qualcuno dei presenti?»

«Sì».

18

Ristorante Assunta

È un ristorante speciale. I crudi di pesce – non fresco: vivo – spiegano qualcosa, non tutto.

Assunta.

Se vuoi vedere, capire, stare dentro Roma, una certa Roma, devi cenare qui. A patto di riuscire a prenotare. E di avere una carta di credito senza tetto, preferibilmente altrui.

Non c'è insegna. C'è un buttafuori armeno, e una porticina blindata. Chi deve sapere, sa.

Quando si chiamava ancora Assunta Madre ed era in via Giulia, c'erano sempre i paparazzi in agguato dietro le macchine parcheggiate. E le microspie sotto i tavoli (la fuga di Marcello Dell'Utri in Libano fu progettata qui).

Potevi trovarci D'Alema e Briatore, Grillo e Belen, Leonardo Di Caprio e Morgan Freeman di passaggio in città. Cuochi come Oldani e Vissani. E cardinali disinvolti come Achille Tarchiani.

Nella galleria delle foto appese all'ingresso, il titolare, Giovanni Micalusi detto Johnny, se li abbracciava tutti.

Poi la polizia mise i sigilli. Accusa: riciclaggio.

E rimise Johnny in galera (non che fosse la prima volta). Il ristorante va avanti con l'amministrazione controllata.

Poi Johnny è tornato libero e ha riaperto il locale, davanti a Castel Sant'Angelo. Assunta. Assunta e basta.

Johnny Micalusi è il nostro Jean Valjean. Entra ed esce dalle carceri e resta sempre sovrappeso. Guantanamo non lo piegherebbe. La più tetra cella dello Spielberg lo metterebbe di buon umore. Indistruttibile, come il conte di Montecristo.

Il notaio Bubi Brufani, ovviamente, è un habitué.

Una volta che Johnny gli andava allestendo un plateau carico di scampi, mazzancolle, aragoste, astici, Bubi protestò: «Aò, vacce piano, mica so' Al Thani...»

«Sta là» rispose Johnny, indicando l'emiro del Qatar, quello vero, a tavola con i suoi cari e soprattutto le sue care.

Stasera due escort russe anche troppo belle spolpano gamberoni alla catalana, mentre i loro accompagnatori – Adriano Perna, costruttore a piede libero con condanna definitiva per bancarotta fraudolenta, e Saverio Barenghi, proprietario di una catena di negozi di abbigliamento – chiedono la terza bottiglia di Jacques Selosse.

Johnny in questi anni ha affinato una sua personale arte: capire se le coppie sue clienti hanno già scopato o no.

Se lui è nervoso, svelto, adorante, lo sguardo acceso, deve ancora scopare. In tal caso pagherà qualsiasi conto, pur di sbrigarsi. Se lui è annoiato, lento, scostante, lo sguardo spento, hanno già scopato. In tal caso quella adorante dallo sguardo acceso sarà lei; magari anche per giustificare a se stessa di aver diviso il letto con un tipo simile.

Poi ci sono le tavolate come questa, che non scopano dai tempi del pentapartito. Generone romano: signore che combattono il tempo come leonesse, i capelli biondo Roma Nord, e uomini abbronzati, calvi davanti con i ricci bianchi lunghi sul collo, e un'ingiustificata propensione alla spavalderia.

Stanno per fare un brindisi.

«A Silvana! E alle corna dell'ex marito!»

Cin-cin, grida di evviva, risate. Silvana, un po' brilla, fa segno di no, che non sono state poi così tante le corna. La sua amica chiede silenzio con la mano e dice: «Comunque qui abbiamo il massimo esperto su Roma di corna... il nostro notaio Bubi!»

Bubi, tutto tronfio, tira su con il naso (è appena tornato dal bagno). E sta per dire anche lui una spiritosaggine, ma un cameriere – l'aria un filo imbarazzata – gli si avvicina all'orecchio.

«Notaio, mi perdoni: c'è uno che la cerca...»

«Chi?» risponde sorpreso lui, voltandosi.

Kisingo, nero come la notte, è fermo sulla porta d'ingresso.

Accenna qualcosa che può essere un sorriso, oppure un ghigno di scherno. Ha una faccia tremenda. Si aggiusta i revers della nuova giacca di pelle rossa. Sembra un cameriere anche lui. Ma è difficile che un cameriere giri con un Patek Philippe Nautilus al polso.

Il notaio pensa che è una situazione del cazzo. Le capisce al volo certe situazioni.

Porca troia.

Porca di quella troia.

Che vuole questo qui, adesso?

Bubi si tocca la tasca, per controllare che il telefonino sia sempre lì; perché Bubi è convinto non ci sia posto più sicuro delle sue tasche. Poi sale i gradini a passi decisi, mette una mano sulla spalla di Kisingo e lo spinge fuori, su via Crescenzio.

«Amico, allora? Che fai, sei venuto anche tu a mangiarti un pescetto?»

«Io pensato...»

«E che hai pensato? Dai, che so' curioso...» dice il notaio, incalzante, minaccioso.

«Pensato che tu fatto affare troppo grande con telefonino. Mentre io fatto affare troppo piccolo».

«Cazzo vuoi, eh? Cazzo dici?»

«Tu dare a me altri diecimila euro. E noi a posto. Noi ancora amici» – la voce di Kisingo è diventata dura, cattiva, definitiva.

«Perché, se no? Che succede?»

«Tu lavori sporco, amico. Come me. Ma io povero negro, tu notaio famoso».

«Perciò? Famme 'n po' capi'?»

«Brutta storia se notaio finisce su giornale perché lavora sporco, no?»

«A negro de mmmerda, me stai a ricatta'?» – Bubi, quando s'arrabbia, tende a parlare romanesco e sente tornargli addosso tutta la fisicità del rugbista.

«No no... io solo...»

«Ma vaffanculo! Levate dar cazzo, vattene...»

Spintone. Kisingo, colto di sorpresa, inciampa e deve appoggiarsi al cofano della sua Mercedes ammaccata.

Il notaio sputacchia sul marciapiede.

Poi s'aggiusta il nodo della cravatta, sente Kisingo urlare: «Io aspetto qui!», ma non si volta, si liscia le basette e rientra nel ristorante.

Ora Silvana sta raccontando di quella volta che ebbe una storia con un calciatore della Salernitana. «Un animale vero, un toro... M'attaccava al muro e quando aveva finito non si ricordava nemmeno come mi chiamavo... Silvana? Adriana? Luana?»

Risa e altro brindisi.

Ma Bubi non sente e non vede.

Sta scrivendo un messaggio su Telegram.

«Ho un problema con un negro. Devi risolvermelo».

Gli rispondono subito.

«Come?»

«Come sai fare tu».

«Quando?»

«Adesso».

«Dove?»

«Qui, da Assunta».

19

Casilina

«Buonasera, senatore».

«Giulio. Chiamami Giulio».

«A cosa devo la visita?»

«Intanto, grazie per il tuo tempo, ministro».

«Ho cinque minuti».

«Temo ne servirà qualcuno in più».

Il ministro Dario Gianese aveva esitato a lungo, prima di fissare l'appuntamento che l'ex senatore Giulio Nardi gli aveva chiesto. Alla fine l'aveva fatto venire all'una di notte in una sede secondaria del ministero, sulla Casilina, quasi all'imboccatura dell'autostrada per Napoli.

Linoleum verde. Scrivania verde. Sedia verde. Poltrona mezza sfondata. Anche il ritratto del capo dello Stato sul muro appariva dimesso. Chi mai potesse lavorare volentieri lì dentro, restava un mistero.

Nardi affondò nella poltrona, Gianese si sedette sulla punta della sedia, come uno che ha fretta. Se si fosse saputo che stava incontrando un simbolo del passato regime, la sua immagine ne avrebbe risentito. I follower avrebbero protestato. E il suo rivale, Andrea Ferro, ne avrebbe tratto vantaggio.

Forse Ferro e il senatore erano d'accordo, forse era una trappola: non era stato proprio Ferro a dirgli nell'orecchio, in tribuna all'Olimpico, che Giulio Nardi avrebbe potuto essergli utile? Da quel colloquio non poteva venire nulla di buono.

Eppure Gianese, sotto sotto, era incuriosito dal vecchio. Uno che contava prima che lui nascesse. Uno che parlava una lingua ricercata, rotonda, da cattolico manzoniano, a lui sconosciuta. Una persona gentile, quasi melliflua, mentre lui era cresciuto con le rudezze della rete, con la necessità quasi fisica di aggredire l'avversario.

Per Dario Gianese, qualsiasi esperto era un venduto, qualsiasi giornalista un servo, qualsiasi banchiere un ladro.

Per Giulio Nardi, tutti erano ingranaggi di un meccanismo da oliare. Trovando per ognuno la parolina giusta.

«In fondo noi due facciamo in modo diverso la stessa cosa. Capire quello che la gente vuol sentirsi dire, e dirglielo un attimo prima degli altri» – Nardi sembrava giocasse a leggere i pensieri del ministro.

Poi si fece serio: «Volevo ringraziarti per avermi aiutato, l'altro giorno, davanti al Senato».

«Dovere. Ma perché mi dà del tu?»

«Tra colleghi ci si dà del tu. È così dai tempi della Costituente».

«Noi non siamo colleghi».

«Sì invece. Davvero Dario pensavi che non conoscessi questo ufficio? Pensavi che il nostro incontro sarebbe passato inosservato? Metà degli uscieri li ho fatti assumere io».

«Non ci sono uscieri la notte, e comunque il guardiano di turno sono io che l'ho fatto assumere».

Nardi sorrise compiaciuto: «Impari in fretta...»

«Allora?» domandò veloce, quasi spazientito, il ministro.

«Non è facile, così, su due piedi...»

«La ascolto».

«Avrai saputo della tragica fine del cardinale Aldrovandi...»

«Una vera disgrazia».

«Una disgrazia, già. Pure io ero molto legato al cardinale».

«Che significa: pure io?» chiese Gianese.

La sua diffidenza stava diventando scortesia.

«Dario... non ti dispiace se ti chiamo per nome, vero? Vedi, Dario, la vita è maledettamente complicata. E la politica lo è ancora di più. A volte si inciampa e si cade. Prima o poi, succede a tutti. L'importante è rialzarsi. E avere qualcuno vicino che ti tenda la mano, e ti tiri su. Senza che nessuno se ne accorga».

Nardi calcò la parola nessuno, con una nota di complicità.

«Quello che mi tende la mano sarebbe lei?» chiese il ministro.

«Se me lo consentirai, stavolta potrei essere io. E anche in futuro, chissà. Qualche buon consiglio nella vita mi è capitato di darlo...»

Il ministro riprese la sua aria di sfida. «Senatore, sono passati tre minuti. Gliene rimangono due».

«Dario, ascoltami. Io non ti giudico. Anzi: ti comprendo. Il cardinale l'ho conosciuto ben prima di te. È un uomo pieno di fascino, o almeno lo era. Una grande mente. Sapevo anche del suo passatempo. E del suo vizio di scattare fotografie. Con questi maledetti telefonini, poi, è così facile...»

Gianese cominciò impercettibilmente a sudare.

«Hai commesso una leggerezza» proseguì Nardi. «Ma non pensare che questo mi dia un potere su di te. Sono qui per mettermi dalla tua parte».

Il ministro si guardò attorno, senza ragione: in tutto il piano non c'era anima viva; gli autisti stavano aspettando di sotto. La conversazione si stava mettendo male, ma interromperla adesso non avrebbe avuto senso. Pensò che nell'ufficio potessero esserci microspie. Si ricordò del televisore.

Lo accese.

Alzò il volume.

«Porta a Porta» era appena finita, il telegiornale della notte stava trasmettendo un servizio sull'ultimo barbone bruciato a Roma: vendetta privata? O gesto folle di un maniaco?

Il ministro si avvicinò al senatore, per mormorargli: «Lei cosa sa della morte di Aldrovandi?»

«Niente. Pace all'anima sua. Preferisco pensare ai vivi» rispose Nardi, improvvisamente gelido.

«Io sono vivo».

«Appunto. C'è una cosa... Un dettaglio... Intendiamoci, nulla che non si possa sistemare...» – il senatore aveva ripreso il suo tono un po' mellifluo.

«Quale cosa?»

«C'è... una foto».

«Una foto?»
«In un telefonino. Rubato».
«E chi ce l'ha?»
«Una persona fidata».
«Senatore, mi sta ricattando?» domandò Gianese, la voce leggermente stridula, quasi femminile.
«Al contrario. Ti ho detto che voglio rendermi utile».
«E perché dovresti farlo?»
«Perché vedo che hai talento. E non far fruttare i talenti è peccato mortale. Lo dice anche il Vangelo, Matteo 25, 14-30: un uomo parte per un viaggio e affida i suoi beni ai servi. A un servo affida cinque talenti, a un secondo due talenti, a un terzo...»
«Di quale cazzo di telefonino stai parlandooo?!»
Nardi capì che, per una volta nella vita, doveva essere diretto.
Afferrò il braccio del ministro, con delicata fermezza.
Sbottonò il polsino.
E scoprì la testa del serpente. Un bel serpente, come il diavolo che aveva tentato Adamo ed Eva: gli occhietti piccoli e cattivi, la lingua biforcuta.
«Dario, ai miei tempi queste cose non si usavano. Sarebbe stato più prudente evitarlo, anche per te».
«Che c'entra il tatuaggio?»
«È un tatuaggio molto... riconoscibile».
Gianese si abbandonò sullo schienale della sedia. Nardi intuì di essere finalmente in vantaggio.
«Ma, come ti dicevo, siamo ancora in tempo a rimediare».
Il cellulare del ministro stava vibrando. Era Ele-

na, la fidanzata: «Ancora al lavoro? Hai visto che ore sono? Con chi stai?»

Il senatore distolse lo sguardo, a consentirgli l'intimità per rispondere, e si voltò verso la tv.

La voce della conduttrice del tigì ebbe uno scarto:

«Ma ora una notizia appena arrivata in redazione. Brutale omicidio a Roma. Un corpo orrendamente straziato è stato rinvenuto poco fa sotto un'auto, parcheggiata nei pressi di un celebre ristorante della capitale, davanti a Castel Sant'Angelo. Il notaio Brufani, molto conosciuto negli ambienti degli affari e della politica, sarebbe stato assassinato con un'arma da taglio. Forse un machete. Un'esecuzione nello stile della mafia nigeriana. Gli investigatori, prontamente portatisi sul luogo del delitto, non escludono alcuna pista. Abbiamo intervistato al riguardo il professor Meluzzi, grande esperto dei brutali riti africani...»

Giulio Nardi deglutì, cercò il telecomando, abbassò l'audio.

Dario Gianese non si era accorto di nulla.

20

Tra Castel Sant'Angelo e il Gianicolo

Kisingo, sporco di pioggia e di sangue, non si è mai sentito uomo come stanotte.

Gli occhi del notaio, quando se l'è trovato davanti nel buio del vicolo.

La smorfia di terrore che gli deformava il viso, quando ha visto la lama.

Le mani alzate per proteggersi e implorare pietà. Le mani che tenevano per le palle mezza Roma, a sentire lui, il notaio.

Non è vero che il sangue dei bianchi è uguale al nostro, pensa Kisingo. Sono una razza emofiliaca. Malata. Il futuro è di quelli come me.

Uccidere è bello.

Uccidere ti fa sentire un dio che piega il vento e la terra.

Kisingo spinge forte sull'acceleratore della Mercedes, tira giù il finestrino, si lascia accarezzare il viso dal vento bagnato del Lungotevere.

A sedici anni aveva affrontato la grande prova. Una volta i ragazzi come lui li dipingevano di bianco e li scacciavano nella foresta: chiunque poteva ucciderli. Se sopravvivevano, erano degni di tornare nella tribù, prendere moglie, metterla incinta.

Oggi la grande prova è attraversare il deserto e il Mediterraneo.

Lui ce l'aveva fatta.

Non avevano osato fargli niente, a Kisingo.

Allo schifo dei campi in Libia, al pastone per i maiali che gli davano al Cara in Calabria, non pensava mai.

Lui era un capo, di quelli che fanno paura alle donne e tagliano la faccia agli uomini che non obbediscono – la natura gli aveva donato un corpo che pareva scolpito, lui ci aveva aggiunto un'acconciatura da diavolo, i capelli ritti come quelli di Basquiat nell'Autoritratto. E poi è furbo: Kisingo è talmente furbo che gli italiani si fidano di lui. Ingenui, gli italiani. O stronzi, come il notaio. Uno che ha fatto la fine che meritava.

Ora però Kisingo deve decidere cosa fare del telefonino.

Andare dal ministro a chiedergli i soldi? Troppo pericoloso, forse.

Meglio chiedere consiglio a Saponaro, il capo di Fratello Migrante. Un altro figlio di puttana, che però ha occhi e orecchie dappertutto. Tanto vale averlo dalla propria parte.

Certo che di questi italiani potenti non se ne salva uno. Viziosi. Innamorati di se stessi. Gente che si scopa. Che cerca nell'altro, uomo donna bambino animale, la propria faccia.

Kisingo pensa tutto questo mentre imbocca il Lungotevere in Sassia e sale verso il Gianicolo.

Ha smesso di piovere e lui adesso guida con calma. Non c'è bisogno di correre. Nessuno gli viene dietro.

Alza il volume della radio.

Poi con la mano cerca il pacchetto di Marlboro nella tasca della giacca.

Non lo trova.

Deve essermi caduto, pensa.

Accosta al buio sotto un platano centenario.

China la testa.

Impreca.

Poi lo trova.

D'istinto si tocca la tasca sinistra dei pantaloni, per controllare che il telefonino ci sia sempre.

C'è.

È la faccia di Kisingo che non c'è più.

Il colpo di pistola l'ha preso in pieno volto.

La testa ha rimbalzato sullo schienale, poi è caduta sul volante.

Il killer si muove in fretta.

Non sa esattamente cosa cercare, ma è sicuro di dover cercare qualcosa di valore, e quindi il negro deve averla addosso.

Dell'amuleto al collo non sa che farsene.

L'orologio sarebbe anche prezioso, ma non è importante.

Nel portafoglio ci sono due banconote da cinquanta euro, un biglietto della metro, la tessera di una discoteca.

Fruga nella giacca: tira fuori un pacchetto di Marlboro, un cellulare Samsung con il vetro del display rotto e un iPhone ultrapiatto.

Il killer butta le sigarette, tiene i due cellulari.

Poi si abbassa la cerniera dei pantaloni.

Osserva il cadavere.

E inizia a pisciare.

21

Chiesa di San Bartolomeo dei Camiciai

Va sempre al mattino presto. Fa parte del rito.

È l'unico giorno del mese in cui Gricia mette la sveglia.

Passa dalla fioraia, che è la solita da anni – una magretta rassegnata, mesta, senza età, che sembra nata per vendere fiori all'ingresso di un cimitero –, prende il solito mazzo di margherite, percorre il solito viale, volta a destra, costeggia la collinetta del Verano che ospita il mausoleo dei capi del Pci, come al solito pensa – con lo stupore e l'ammirazione di chi davvero non è mai stato comunista – che è abbastanza incredibile li abbiano sepolti tutti insieme qui, Togliatti e la Iotti, Longo, Lama, Di Vittorio, poi cammina per altri duecento metri tra i cipressi e, dietro la fontana infestata dalle zanzare, si ferma davanti a una lapide su cui è scritto: «Ascanio Lazzari, Roma 30 giugno 1904 - Roma 5 maggio 1992».

Suo nonno materno.

Però più di un nonno.

Gli ha fatto un po' da padre.

Gricia non ne parla volentieri. In realtà Gricia

parla molto poco volentieri della sua vita. Sa che, con il tempo, l'ha riempita di cose e situazioni che agli altri potrebbero apparire bizzarre, se non incomprensibili. Del resto è sempre complicato giudicare la vita degli altri: e lui non vuole mettere in imbarazzo nessuno.

Solo Emmanuelle, pensa Gricia, mi capisce. Perché Emmanuelle non giudica. Quando ha scoperto che ogni anno, da trent'anni, lui rinnova puntualmente l'abbonamento per vedere la Roma in tribuna Monte Mario, senza andarci mai, si è limitata a dire: contento tu, contenti tutti.

Però non le ha ancora mai detto delle sue visite al canile. E nemmeno di questo rito dei fiori portati al nonno.

Sempre le stesse margherite.

Sempre lo stesso giorno del mese.

Sempre alla stessa ora.

Non è tanto normale: lo sa anche Gricia che, adesso, osserva la foto del nonno, il fabbro dei principi Torlonia. Uno strano fascista. In camicia nera attese a piazza Venezia i camerati che marciarono su Roma; ma la notte del 16 ottobre 1943, poche ore prima che i camion nazisti entrassero nel ghetto, riuscì ad avvertire i consuoceri ebrei, l'intera famiglia Di Castro, che scampò così al rastrellamento.

Gricia guarda la foto del nonno per qualche minuto e poi ripete il gesto meccanico di ogni mese: gli manda un bacio con la mano e infila le margherite nel vaso di plastica. Tutte, tranne una.

Questa è per Alberto.

Nun me dimentico, Albè.

Andando via, lascia sempre una margherita sulla tomba di Alberto Sordi.
Non oggi, però.
Gli è appena entrato un WhatsApp.
È Remedios.
«Trovato. Ti aspetto tra mezz'ora davanti all'ingresso della sala stampa vaticana».

«La chiesa è quella» dice Remedios, indicando un portoncino con le ante verdi spalancate su una traversa di via della Conciliazione.
«Un buco».
«È la chiesa di San Bartolomeo dei Camiciai. Comunque meno male che fai l'antiquario: più che un buco, a me sembra una preziosa bomboniera del Settecento».
«Abbiamo deciso di darci del tu, sorella?»
«Viene più facile, credo» risponde lei sbrigativa con il suo accento sudamericano, forse un mezzo sorriso, forse no, incamminandosi verso l'ingresso della chiesa.
«Scusa, aspetta un po': come hai detto che si chiama questo che andiamo a trovare?»
«Kokane Mohammed Chamwill. Ma tutti lo chiamano Koko. È arrivato dallo Zambia, più o meno quattro anni fa. L'associazione Fratello Migrante l'ha piazzato qui: tiene in ordine la chiesa e faceva anche il chierichetto al cardinale Aldrovandi, quando veniva a celebrare la messa la domenica pomeriggio. Era sparito da qualche giorno, ma questa mattina è tornato».

«Va bene. Tu presentami e basta. Poi parlo io».

Cinque minuti dopo, la scena è questa: sono in una sacrestia illuminata da una luce tremula, le pareti gonfie di umidità, un vago profumo di deodorante al mughetto.

Remedios, seduta su una sedia, accanto a un armadio di paramenti sacri.

Gricia, in piedi.

E poi questo Koko – un nero alto e calvo, sui trent'anni, la barba ispida, i bicipiti gonfi sotto la maglietta bianca con la scritta «Greenpeace» – che è rimasto al centro della stanza e cerca di fare il vago.

«Non so di cosa parlate, giuro» dice sfoggiando un buon italiano.

«Pensaci bene» gli ripete Gricia.

«No no...»

«Te l'ho detto: io non sono un poliziotto, non corri nessun rischio».

«No no... Io non so niente».

«Koko: ti chiami così, vero?»

«Sì, io sono Koko».

«Allora ascoltami bene, Koko» dice Gricia, dando di colpo alle parole un tono affilato, feroce. «O tu mi dici come cazzo sei finito in quelle foto, oppure io ti faccio tornare in quel cazzo di paese africano da dove sei faticosamente venuto. Ti ho detto che non sono un poliziotto, mi vedi grasso e pensi: che potrà mai farmi questo grassone? Ecco, il grassone che è davanti a te può romperti il culo. Ammesso che non l'abbia già fatto qualcuno».

Remedios si rabbuia e abbassa la testa.

Koko mette su un'espressione cattiva, a pugni stretti.

Allora Gricia, lentamente, quasi con delicatezza, e senza togliere lo sguardo dal ghigno di Koko, si apre la giacca.

E mostra qualcosa che Remedios, seduta alle sue spalle, non può vedere. Ma che però toglie il fiato a Koko.

«Okay okay… amico… capito» dice il nero, più mansueto, più collaborativo.

«Ecco, bravo: lo sapevo che avresti capito. Allora, ricominciamo: perché sei finito in quelle foto?»

«Io non ho fatto niente di male…»

«Ti ho detto che non sono un poliziotto. Non sono neanche un giudice. E neppure un prete. Ti ripeto: perché sei finito in quelle foto?»

«È il cardinale che mi chiedeva di partecipare».

«In cambio di cosa?»

«Soldi. Tanti. Io non li avevo mai visti, così tanti soldi…»

«Quanti?»

«Duecento euro ogni volta».

«Quante volte?» – Gricia non aveva mai pensato di fare una domanda da prete. In chiesa, oltretutto.

«Credo di essere andato cinque volte».

«Andavi con lui?»

«No. Lui veniva per conto suo. Io andavo con la Contessa».

«Chi è questa Contessa?»

«Quella che organizza tutto».

«Qual è il vero nome della Contessa?»

«Non lo so. Mai saputo».
«Vai avanti».
«La Contessa mi passava a prendere in macchina davanti al cinema Giulio Cesare. E andavamo».
«Dove?»
«In una villa».
«E dove cazzo sta questa villa?»
«Sulla Cassia, lontano. Verso Napi».
«Nepi».
«Ecco, sì: nella campagna di Nepi».
«Sapresti tornarci?»
«No».
«Va bene. Adesso, dimmi: chi c'era nella villa la sera che è morto il cardinale?»
«Conoscevo solo lui. Poi c'erano una ragazza straniera, un trans e un altro».
«Chi era quest'altro? Uno con un grosso serpente tatuato sul braccio?»
«Sì, uno con un grosso tatuaggio. Un serpente. Era un politico, credo».
«Un politico?»
«Sì, credo di sì».
«No, aspetta: come, un politico?»
«Un politico… sì, un politico».
«E come si chiama?»
«Non lo so, giuro».
«Cazzo, dai: pensaci bene…»
«No, davvero, non lo so».
Koko suda, ha la maglietta appiccicata agli addominali. E suda anche Gricia: perché la presenza del politico complica tutto, è chiaro.
«Guarda che è importante».

«Ti giuro che non lo so!»

«Ti credo. Ancora due domande: chi scattava le foto?»

«La Contessa, penso. Lei di solito portava il Viagra, il whisky, la droga e poi scattava le foto... le scattava con un telefonino del cardinale».

«Solo foto o anche filmini?»

«Che ne so».

«Al cardinale piaceva rivedersi?»

«Sì, credo di sì. Una volta anche qui, prima di dire messa, mi fece vedere delle foto e mi disse: "Che batteria, Koko mio!" Io non sapevo nemmeno cosa vuol dire "batteria". Io conoscevo solo la batteria della macchina».

«Immagino che quella sera il politico con il tatuaggio abbia chiesto di non essere inquadrato nelle foto. Giusto?»

«Forse».

«Capito. E la Contessa non partecipava mai?»

«Solo qualche volta. Magari se mancava qualcuno. Però quella sera no».

«Com'è morto il cardinale?»

«Lui voleva sempre fare il gioco della busta».

«Sarebbe?»

«Tu stringi una busta di plastica intorno alla testa, il fiato va via e il piacere sale, sale...»

«Solo che avete tenuto la busta stretta un po' troppo».

«Sì, un po' troppo... Ma non sono stato io!»

Remedios, a questo punto, tossisce, si alza ed esce dalla stanza tenendosi una mano davanti alla bocca.

Gricia la segue con lo sguardo, avverte una scossa di tenerezza e sta per dirle qualcosa. Ma non gli viene niente di sensato.

Così si volta verso Koko: «Hai fatto sentire male una suorina. Ora cosa dovrei farti, eh?»

Gricia fa per andarsene, poi torna indietro.

«Un'ultimissima cosa, amico nero. Chi cazzo l'ha messo il telefonino in tasca al cardinale?»

Silenzio.

«Lasciami indovinare: non sai neanche questo, vero?».

22

Trastevere

Sono a casa di Gricia.

In camera da letto. Soffitto con le travi di legno, pareti bianche, camino spento.

Lui è sveglio, Emmanuelle dorme.

Osservare una donna mentre dorme ci dice molto di quel che proviamo per lei.

Gricia, le prime volte, pensava: è una donna bellissima e scopa con me. Gratis. E viene anche. E urla. Con me. Con il ciccione che sono.

È pazzesco.

È incredibile.

Sono felice.

L'arrivo della felicità in chi è sempre stato quasi infelice provoca un euforico stordimento, come quando sei al secondo Martini e decidi di ordinare il terzo. Tutto ti appare d'improvviso facile, possibile, giusto.

C'è poi da dire che nessuno nasce infelice, infelici si diventa.

Gricia, da subito, da bambino, aveva dimostrato un certo talento. Per rivelarlo al mondo, aveva escogitato alcune trovate. Alla madre lo fece sapere una domenica pomeriggio, alla Rinascente. Lei si era distratta e lui era sparito. Annuncio con l'altoparlante, panico, commessi mobilitati. Un'ora così. Poi l'avevano trovato nell'ufficio oggetti smarriti: immobile, seduto su una sedia, tra ombrelli, macchine fotografiche, borse, valigie.

Quando Gricia era bambino, gli psichiatri infantili erano rari, e comunque la madre non avrebbe potuto permettersene uno. Così ne aveva parlato con il sor Oreste, il padrone della rosticceria dove lavorava. La diagnosi del sor Oreste era sembrata convincente: «È un bambino orfano e grasso. Non può che essere infelice».

Ora, il problema è che un uomo infelice, di solito, attrae donne infelici. Gricia se ne era accorto dopo qualche infatuazione gonfia di reciproche sofferenze. Aveva quindi deciso: con le donne, niente sentimenti, solo sesso. A pagamento, se necessario.

L'incontro con Emmanuelle era arrivato imprevisto e sconvolgente.

Con il tempo, i pensieri di Gricia si erano spinti in una terra sconosciuta: a forza di guardarla dormire, era stato preso dal desiderio di svegliarla, per dirle una parola d'amore.

Adesso però si congratula con se stesso per aver saputo resistere. Emmanuelle, probabilmente, non avrebbe gradito.

Emmanuelle non gli chiede amore. Non vuole essere la sua fidanzata. Gli chiede solo un rifugio sicuro, una possibilità di tenerezza, un orgasmo sincero.

Nient'altro.

Non è poco.
Gricia ha deciso che può farselo bastare. Ma quel corpo incantevole, rannicchiato accanto a lui, gli procura ancora un leggero stordimento.
Accenna una carezza, badando a sfiorarla appena, per non svegliarla.
Poi guarda l'orologio e pensa tre cose.
Devo andare al canile.
Dopo potremmo farci una bella gricia da Roscioli. O, eccezionalmente, una carbonara – che è la migliore di Roma, quindi del mondo, e la fa un tunisino magrissimo, di Monastir.
Però prima, appena lei si sveglia, devo chiederle se conosce la Contessa.

Emmanuelle si è fatta la doccia, è tornata sul letto con i capelli bagnati, è ancora nuda, si è accesa una sigaretta.
Gricia, tutto morbidoso nel suo pigiamone Brooks Brothers di cotone gessato blu, la testa appoggiata alla spalliera, le gambe incrociate.
«Ma nun c'hai caldo?» dice Emmanuelle.
«Sto bene così».
«Veramente tu non stai tanto bene. Non è che se te nascondi dentro quer pigiama, io poi penso che te sei improvvisamente dimagrito... Sei sempre quello che un'ora fa me stava a...» dice Emmanuelle ridendo.
«Uffa, piantala. Piuttosto: conosci una che si fa chiamare la Contessa?»
«E certo che la conosco. Perché?».

23

Viminale

«Due delitti in una notte... in centro, a Roma. Che mi dici, Tigellì?»

Il ministro dell'Interno Francesco Ambrati non è mai di cattivo umore, quando arriva la notizia di un delitto.

Un po' di paura fa sempre bene.

La paura può sempre servire.

Quando la gente ha paura, il potere del ministro dell'Interno cresce. Si tratta solo di capire dov'è il punto da non oltrepassare. Il punto oltre il quale il ministro, da buon padre di famiglia incaricato di proteggerti, diventa un cretino.

Ma di Ambrati tutto si può dire, tranne che sia cretino.

«Francé, ci sto lavorando» – Tigellino alza la testa dai giornali, cosparsi dalle briciole dei tre cornetti che ordina ogni mattina.

«Vedo, vedo che il lavoro non ti manca... Mi sa che per liberarmi del coglione di Palazzo Chigi dovrò cercarmi un altro Tigellino... O magari un Dumini».

«Dùmini. Si dice Dùmini. In archivio ho trovato, nei ritagli di Paese Sera, una vecchia intervista al figlio. Dice che il padre ci teneva molto all'accento sulla u. La famiglia è finita in miseria, il figlio è poi morto in una grotta. Così l'Italia tratta i suoi eroi...»

«Chi ha fatto l'intervista, Tigellì?»

«Giampiero Mughini. Il più bravo di tutti. E pensa che non ha un giornale. Poi si lamentano che i giornali non vendono».

«Per me la più brava di tutti è Selvaggia Lucarelli».

«Seee, lo so io perché te c'hai stima de Selvaggia Lucarelli...»

Il ministro adora Tigellino. Anche perché è uno dei pochi che lo fa ridere. Oltre a sapersi rendere utile. A qualsiasi costo, se necessario.

Negli anni Settanta, quando Tigellino era solo uno dei tanti estremisti di destra, le cose erano molto più semplici. Se serviva portare un colpo, provocare una reazione, magari far cadere un governo, lo Stato reclutava tra i giovani fasci. Talora ignari, talora ansiosi di essere usati. Gente stupida o cattiva, pronta a sparare nel mucchio, anche a mettere una bomba in una piazza, dentro una banca, nella sala d'attesa di una stazione. Lo Stato li proteggeva, quando lo considerava necessario. Altrimenti, dopo averli spremuti, li gettava.

Poi c'è stato un momento in cui gli americani avevano pensato di poter usare bande di terroristi islamici come pretesto per imporre le decisioni al fronte interno o ai Paesi satelliti. Ma queste cose ormai non funzionano più.

Nessuno può mettere su una banda armata o un gruppo terroristico. Per un motivo semplice: li beccano. Anche l'organizzazione più compartimentata ha bisogno ogni tanto di telefonare, di scambiare una mail, di tenere un incontro. Così li beccano. E non si usa un terrorista che può essere beccato da un momento all'altro.

Bisogna trovare i nuovi manovali del terrore là dove li cercano tutti, mafiosi narcos papponi palazzinari.

Li cercano tra queste migliaia di sbandati, senza documenti, senza nome, senza identità, senza storia.

Perfetti.

Si tratta solo, pensa Tigellino, di scegliere a colpo sicuro.

Ce ne sarà uno che voglia rendersi utile.

Uno che abbia le palle e la disperazione di mettere la bomba.

Uno che non abbia niente da perdere.

24

Nomentano

Gricia scende dal taxi.

Il posto è in via Tirso, una strada stretta dietro viale Regina Margherita – non si sa perché, ma a Roma tutte le strade sono strette, anche quelle tracciate pochi anni fa.

Sotto un palazzo umbertino c'è un cancello rosso spalancato su una rampa. In fondo alla rampa, una porta a vetri.

Gricia entra e viene travolto da un odore dolciastro di menta e di cloro. Arredamento scarno, mobili Ikea. Dietro al banco della reception, una ragazza sui vent'anni: carina ma non troppo, carnagione olivastra, capelli lunghi, t-shirt nera, jeans, sorriso forzato.

«Salve, desidera?»

«Vorrei fare una sauna» risponde Gricia, già sudato di suo.

«Allora: sono cento euro per l'ingresso, più altri cinquanta per la tessera annuale della nostra associazione, Magic Moments... Quanto porta di piede?»

«Scusi, perché?»

«Perché devo darle le ciabattine. Gli asciugamani li troverà nell'armadietto dello spogliatoio».

Mezz'ora dopo Gricia non ha ancora capito dove sia la Contessa, perché secondo Emmanuelle è la Contessa che, oltre a organizzare orge su richiesta, gestisce questo locale: intanto, però, è dentro una situazione così.

C'è una zona bar, c'è un barman asiatico, ci sono tavolini e sedie, la luce al neon illumina pareti su cui si arrampicano edere di plastica, un grosso televisore è sintonizzato su Radio Rtl. L'aria è appiccicosa.

Gricia ha preso una coca-cola con ghiaccio e limone. Due ragazzi sui trent'anni – molti muscoli, molti tatuaggi – l'hanno esaminato con fastidio e hanno continuato a parlare, guardandosi con occhi dolci.

Entrano, nell'ordine: un signore con i capelli bianchi ben rasati e l'orecchino a destra, vaga somiglianza con George Clooney; Giovanni Giannutri, il coreografo, che essendo monogamo è qui con il fidanzato per una pausa dal lavoro in tv; un altro tizio alto e dal portamento elegante, asciugamano legato in vita come tutti ma completamente glabro; uno con la faccia da studente universitario, l'aria incerta, gli occhi bassi; due cinquantenni sorridenti, rilassati, che si tengono per mano.

Tutti ignorano il bar e s'infilano dritti nel corridoio sulla sinistra.

Gricia non ha alcuna intenzione di andare a vedere cosa succede in fondo a quel corridoio. Sorseggia la sua coca e aspetta che accada qualcosa.

Sa che certe volte basta avere pazienza. Restare immobili può rivelarsi decisivo. Se ti agiti, la fortuna ti ignora. Ma se ti vede lì, fermo, buono, che la aspetti, magari si intenerisce.

È la regola.

E la regola funziona anche stavolta.

Uno dei due ragazzi che gli siedono accanto si volta all'improvviso: «Sei un orsetto timido, vero?»

Gricia prenderebbe la bottiglietta di coca e gliela fracasserebbe in testa, perché il ragazzo ha uno sguardo ironico, sgradevole, quasi aggressivo.

Invece mette su un sorriso di circostanza e risponde con il tono giusto: «Sono un orsetto che cerca una sua amica».

«Un'amica? Qui? Hai sbagliato tana, allora».

«No, non credo» risponde Gricia.

«Credimi: qui nessuno cerca amiche».

«Ma la mia è un'amica speciale: è la Contessa».

I ragazzi si guardano come se Gricia fosse appena sceso da un'astronave.

«Ma la Contessa è andata via...» dice l'altro, che finora era rimasto in silenzio.

«E quando torna?» chiede Gricia.

«È andata via nel senso che ha mollato tutto dopo il casino con la droga. La sauna è rimasta chiusa per qualche settimana: quando ha riaperto, lei non c'era più. Sparita. Nessuno sa che fine abbia fatto».

«E il locale da chi è gestito adesso?»

«Boh».

«Che significa: boh?»

«Girano un sacco di voci. Certi dicono la camorra, altri la 'ndrangheta. Non si capisce...»

Il barman arriva con tempismo perfetto: «Serve altro?»

I ragazzi si alzano e dicono un filo ammiccanti: «No, Kedar, grazie, noi andiamo a farci una sudatina dentro».

Gricia guarda il cingalese. «Kedar, ma che succede dentro quel corridoio?»

«Se vai a vede', è 'a vorta che te fanno dimagri'...»

A Roma anche i cingalesi parlano romanesco.

25

Palazzo Doriani

Il buio, da sempre, lo innervosisce.

La musica che pulsa nelle orecchie, pure.

E qui c'è musica che pulsa e il buio è squarciato da luci stroboscopiche che seguono il ritmo.

Affittano palazzi del Seicento, li trasformano in discoteche e danno feste. Imprenditori ansiosi di farsi conoscere, produttori che vogliono lanciare un film, sfigati che cercano di essere un po' meno sfigati.

Di solito l'obiettivo viene miseramente mancato. Il glamour non funziona mai. La gente viene per mettersi in mostra, segnare il territorio, bere, mangiare, rimorchiare. Bolge di umanità volgare, pittoresca, decadente, da antropologi.

A Roma le feste falliscono sempre.

Rudi Magliano, a modo suo, si sente un po' antropologo.

Una certa esperienza dell'animo umano, in questi anni, se l'è fatta. Ma non ha ancora capito se il mondo è Sodoma e Gomorra, o se lo fanno tutti il venerdì pomeriggio nella posizione del missionario.

Questa, pensa entrando nel salone principale di Palazzo Doriani, la posizione del missionario comunque non sa neppure cosa sia: genere cougar che non si arrende, e non fa prigionieri. Scollatissima, prodigiosa capacità di stare in bilico sui tacchi, stato euforico-molesto. Evitarne accuratamente lo sguardo.

Questo, invece, è uno sguardo che si può anche intercettare: genere eterna figlia di papà, ormai sulla soglia dei trenta, ma con tendenza al divertimento sfrenato post-laurea.

Magliano – abito di lino blu, camicia bianca – avanza nella penombra.

Occhi da killer, in senso tecnico.

Quello lo conosco, quella pure. Quello ha fatto fallire tre concessionarie d'auto e ora ricicla orologi rubati in una gioielleria di Prati. Quell'altro è un architetto che ha svoltato fidanzandosi con un ricchissimo costruttore di Dubai. Questa ha trasformato la sua palestra nella migliore piazza di spaccio dei Parioli.

Cazzo, pensa Magliano, alla fine l'unico che lavora seriamente e per davvero, qui, sono io. E forse sono pure l'unico che ci mette ancora qualche dose di etica e di morale.

Un Paese allo sbando.

Osserva l'ex ministra mora, arrivata con il protagonista della fiction tv «Le vite degli altri». Ma è evidente che è un'altra delle sue solite uscite programmate per ingelosire l'uomo che la ama ma non lascerà mai la moglie per lei.

La gallerista Francesca Speranza invece è con

il marito Andrea Maccari detto Gegé, ex senatore radicale che non la scopa dai tempi del compromesso storico, e l'ha pure convinta che la castità è parte di un percorso di crescita spirituale. Così è riuscito a nasconderle di essere gay. Magliano si diverte a fargli l'occhiolino e a leggere sul suo volto un attimo di sconcerto. Sì, certo che lo so.

Però uno venuto per ragioni di lavoro, forse, c'è: l'onorevole Giorgio Manieri. Democratico napoletano di lungo corso, la erre dolcemente arrotata, l'estate a Capalbio, l'inverno a Cortina, un pesciaccio che ha nuotato in tanti mari – dalemiano, prodiano, bersaniano, renziano, zingarettiano –, in realtà abilissimo a giocare sempre in proprio. Manieri è considerato il grande tessitore dell'alleanza tra il Pd e il Popolo dell'Onestà. Ora si è seduto su un divano della zona buffet e palesemente aspetta qualcuno.

I camerieri in tight servono tartare di gamberi rossi e chardonnay di Gaja. Lo sponsor è stato generoso. Rudi Magliano non beve quasi mai, ma un brindisi con se stesso, stasera, ha voglia di farlo.

Uccidere gli dà sempre un brivido. Anche se non è mai come la prima volta.

Ricorda solo un camerata ormai inservibile.

Si era permesso di andare sotto casa del capo a minacciarlo. E il capo si era rivolto a lui, giovane campione di karate e di recupero crediti, perché glielo togliesse di torno.

«Rudi, ho un incarico per te. Fammi vedere di cosa sei capace».

Non era stato facile. All'epoca, negli anni Settanta, i fasci a Roma giravano sempre in gruppo, per guardarsi le spalle. Ma quando l'aveva beccato da solo, all'una di notte, mentre scendeva dalla macchina sotto casa della madre, al Tuscolano, e gli aveva spaccato il cuore con un colpo secco, guardandolo negli occhi, Rudi Magliano aveva sentito di essere nato per quello.

Uccidere.

Dare la morte gli piaceva.

Di più: lo eccitava.

E come un bambino non si era tenuto.

Si era sbottonato i pantaloni e aveva pisciato addosso a quel povero corpo rantolante.

Non per sfregiarlo; per celebrare la vittoria.

Una bestia feroce che segna il territorio.

La pierre che ha organizzato la festa, Sharon Bellavista, nome d'arte di Angela Mariconi, continua a distribuire complimenti e baci, volteggiando. «Sei un incanto!», «Gigio, ti adoro!», «Chicca, non trovi sia una serata pazzesca?» Ha voluto anche steward maschi, lisci e depilati, accanto alle hostess. Un gruppo di giovani consiglieri regionali, intelligentemente vestiti da antichi romani, ricevono occhiate di scherno. Gli ultimi paparazzi, Luciano Di Bacco e Umberto Pizzi, scattano foto definitive.

È incredibile l'impudicizia di certa gente, pensa Magliano. Non capiscono mai quando è finita.

Poi tocca il telefonino ultrapiatto che ha in tasca. E, di scatto, controlla l'orologio: a quest'ora, la polizia avrà già trovato il corpo di Kisingo. Di sicuro ha trovato quello del notaio.

Magliano sarebbe stanco, ma preferisce restare alla festa e farsi vedere da più gente possibile. Non ce ne sarebbe bisogno, nessuno potrebbe ricondurlo al negro, il notaio al telefono nomi non ne ha fatti. Però gli hanno insegnato così. E Magliano è uno che i vecchi insegnamenti li rispetta.

Continua a vagare nella penombra.

Prende un calice di bollicine e si sofferma sulla concentrazione di belle donne, caviglie sottili, gambe tonificate da ore sui tapis-roulant. Poi, mentre ha iniziato a riflettere su cosa può ricavare dal bottino, dalle foto di quell'orgia con il cardinale, Magliano nota che è arrivato l'ospite dell'onorevole Manieri.

Siede di spalle.

Ma capisce che sono le sue spalle.

È il ministro Dario Gianese.

La vita è solo una storia di coincidenze.

Che cazzo dovranno dirsi quei due?

Sono mesi che Manieri tenta di convincere il Popolo dell'Onestà ad andare alle elezioni alleato con il Pd. Il presidente della Repubblica non potrebbe opporsi: i due partiti di maggioranza chiedono il voto anticipato, si presentano insieme, fanno il pieno di seggi. Chi ha un voto in più esprime il presidente del Consiglio. Manieri. Oppure lui, Gianese.

Il ministro non ne è convinto. Teme di scoprirsi a destra. Un conto è governare, con la scusa che non ci sono alternative. Un altro è stringere un patto elettorale. Chissà cosa farebbe il vecchio Nardi al suo posto.

La conversazione dura pochi minuti. Sono troppo noti, Manieri e Gianese, per non attirare curiosi e questuanti.

Gegé, il marito gay della gallerista, interrompe con disinvoltura il colloquio e saluta il ministro con un mezzo inchino. La giornalista Veronica Grassi – che da oggi pomeriggio è bionda – invita tutti all'aperitivo che sta organizzando all'hotel Locarno. Si avvicina pure un tipo con una gamba più corta, parrucchino clamoroso e giacca fucsia con le tasche piene di salatini, un mezzo matto che si imbuca sempre. E in fondo alla sala già si intravede Andrea Ferro, pure stasera in marcatura stretta su Gianese: eccolo venire avanti con un abituccio stretto, calvo eppure omaggiato dalle ragazze che escono dalla bolgia danzante felici di poterselo abbracciare.

Lui, prontissimo, le bacia, le accarezza, le conforta con sguardi pieni di promesse.

In realtà, Ferro sta andando diritto verso il suo obiettivo. Sempre lo stesso: ciao Dario, sono qui, non ti lascio mai solo, sono la tua ombra, il tuo incubo.

Magliano sarebbe tentato di andare anche lui da Gianese. Sarebbe una bella mossa: «Scusi, ministro, ho qui una foto mentre si ammucchia con un negro, un trans e un cardinale morto soffocato: quanto può valere secondo lei?»

Invece si limita a farsi presentare da Ferro.

«Dario, lui è il mio vecchio amico Rudi Magliano. Un uomo su cui potrai sempre contare».

26

Vaticano

«Il diavolo, mia cara, è sottovalutato».

Il cardinale Achille Tarchiani adorava il proprio cinismo.

«In fondo, è il diavolo il vero creatore dell'uomo».

«Ma cosa sta dicendo, Eminenza?»

Veronica Grassi sorrise con i denti. Il sorriso da finta scandalizzata era tra i suoi migliori.

Giovane, alta, calabrese. Mora, bionda, rossa a seconda delle circostanze (per il momento è ancora bionda). Una perfetta allumeuse. Celebre per aver cambiato volto in un'estate grazie a una rapida storia con un chirurgo estetico – via il naso d'aquila, addio labbra sottili. Formidabile nel non concedersi quasi mai, e accendere l'attenzione sempre. Soprattutto con la sua categoria preferita: uomini, vecchi, potenti. Del resto quasi tutti i veri potenti italiani sono uomini e vecchi.

Di solito però erano prede più facili del cardinal Tarchiani. Questa intervista, ad esempio, gliel'aveva chiesta da mesi. E ora che finalmente era il momento, lui discettava di angeli e demoni, e le imponeva di non scrivere le cose importanti.

«Ma il diavolo è importante, Veronica» proseguì il cardinale, come se le avesse letto dietro lo schermo degli occhiali – una civetteria: la Grassi ci vede benissimo. «È stato il diavolo a darci una vita, un tempo, una storia. Se non avesse tentato Eva e Adamo, saremmo ancora nel Paradiso Terrestre. Non trovi che questa nostra caduta agli inferi non sia poi così terribile?»

Tarchiani rise, aspirando il sigaro.

Veronica tentò di tenergli testa: «Dostoevskij ha scritto che il diavolo non esiste, che l'ha creato l'uomo a propria immagine e somiglianza».

«Magari, mia cara. In realtà nessun ateo ha mai confutato validamente l'esistenza di Lucifero. Viviamo tutti sotto il suo sole. García Márquez era convinto che gli angeli ribelli avessero vinto, e sul trono celeste sedesse Satana...»

«Eminenza, ma che dice?»

«Dico, cara Veronica, che ora il diavolo si sta allargando».

«Cosa intende?»

«Il diavolo si è concesso il lusso di un Papa diabolico. Un pazzo che sta mettendo sottosopra venti secoli di storia. Siamo sopravvissuti ai mea culpa di Wojtyla, perché era un grande Pontefice, solido, ancorato a quella roccia di Ratzinger. Ma questo...»

«Questo?»

«I seminari sono vuoti. I pochi che ancora vogliono farsi preti sono tutti froci. Le chiese sono vuote. I fedeli sono confusi... Ma questo non lo puoi scrivere».

«Cosa scrivo allora? Troviamo un modo. Senza virgolette. Il cardinale Tarchiani si sfoga con i suoi...»

«Veronica, guarda che stai parlando con me. I tuoi trucchi tienili per gli altri. Un cardinale italiano non parla mai male del Papa. Tanto meno con una bella donna».

La giornalista guardò fuori dalla finestra, verso i giardini vaticani e l'eliporto. Scosse la bustina del tè verde, non ancora pronto. Poi tornò a sorridere al cardinale, ma con meno denti.

«Ha visto che brutta fine il nostro notaio Bubi?» la buttò lì.

«Gliel'avevo detto, io, che prima o poi si sarebbe messo nei guai» rispose Tarchiani, con tono di rammarico.

«Chi è che può averlo ammazzato?»

«Chiedilo ai tuoi amici dei servizi».

«Gliel'ho chiesto, ma fanno i misteriosi pure con me» – il sorriso di Veronica a volte è meravigliosamente sfrontato.

Il cardinale parve non notarlo.

«In altri tempi avrei chiesto alla gendarmeria vaticana. Però anche loro non sono più quelli di una volta. Siamo nel mirino: lobby anticattoliche, evangelici, terroristi... E qui sembra che il problema sia diventato lo Ior. Pulizia nello Ior! Laviamo le macchie dello Ior! Anche lo spettacolo macabro di un Papa populista ci è dato in sorte... quante prove ci infligge il Signore» sospirò il cardinale.

Altra boccata di sigaro.

«Se non era per quella brutta storia dello Ior,

forse oggi non la chiamerei Eminenza, ma Santo Padre…» sussurrò maliziosa la giornalista.

«Quale brutta storia, Verò? Con quali soldi credi che Walesa abbia messo su Solidarność e fatto cadere il comunismo? Come pensi che abbiamo riscattato decine di missionari in Africa? E perché credi che Roma sia l'unica capitale d'Europa, dico l'unica, dove un islamico non ha messo una bomba, non ha sparato a un concerto, non ha sgozzato qualcuno, non ha travolto i passanti con un camion?»

«In effetti…»

Sorso di tè.

«E della morte di Aldrovandi, che mi di…»

«Ora basta. Sua Eminenza deve riposare». A interrompere Veronica non fu la voce bassa del cardinale, ma l'urlo di una furia creola, entrata all'improvviso.

«Jacinta, la mia anima nera» la presentò Tarchiani.

«Non esageriamo. Diciamo scura» rispose la suora, senza sorridere.

Veronica Grassi capì che era il momento di riporre il taccuino nella borsetta, spegnere il registratore nascosto nel reggiseno, e andarsene.

La furia creola era suor Jacinta dos Santos. Brasiliana. Maschilista convinta. Grande ammiratrice del presidente Bolsonaro, anche se la sua passione restavano le giunte militari. Aveva scelto Tarchiani dopo aver visto una sua foto mentre giocava a golf con Pinochet. Sigaro, occhiali scuri, tratto sbrigativo: il dittatore sembrava lui, il cardinale. È il mio uomo, aveva pensato Jacinta. La mia vita gli appartiene.

«Allora, sorella, cos'hai scoperto?»

Tarchiani sapeva che Jacinta era formidabile, quando voleva seguire qualcuno o sapere qualcosa senza farsene accorgere.

«La colombiana... sì, insomma, quella Remedios, si vede con un investigatore privato».

«Chi è?»

«Lo chiamano Gricia. È grasso».

«Stanno indagando sulla morte di Aldrovandi?»

«Sì. Poi però la pista si è complicata. Qualcuno ha ammazzato anche il notaio».

«E il negro... quel nigeriano».

«Eminenza, questa città sta diventando invivibile».

«Non è colpa della città, Jacinta. È colpa dell'uomo».

«L'uomo è sempre più malvagio» disse la suora.

«No. L'uomo non è malvagio di natura. L'uomo è egoista. Certo, non è un angelo. Guai a trattarlo da angelo. Questo è il vero segreto che tiene in vita la Chiesa cattolica da duemila anni: noi non abbiamo mai trattato l'uomo da angelo. Noi sappiamo che l'uomo è fatto di terra, anzi di fango. Noi sappiamo che l'uomo desidera, ama, mangia, beve, uccide. A dirla tutta, l'uomo brama, scopa, divora, tracanna, squarta. Ma può essere indotto al bene, se la cosa lo fa sentire migliore».

Jacinta parve quasi delusa dal barlume di

umanità che di tanto in tanto Tarchiani lasciava intravedere.

«Ora puoi andare, sorella. Devo fare un paio di telefonate».

Il cardinale non avrebbe nessuna voglia di sentire il vecchio malvissuto. Ma a questo punto è inevitabile chiamare Andrea Saponaro, il capo di Fratello Migrante.

Prima però ha piacere di sentire la voce di un vecchio amico.

Gli risponde, come sempre, al primo squillo.

Il nome di Tarchiani sul display fa il suo effetto.

«Eminenza».

«Giulio».

27

Testaccio, osteria Agustarello

Remedios, a passi svelti, sul marciapiede di via della Conciliazione.

Ha fatto il giro di piazza San Pietro e sta tornando indietro, verso casa.

Folla sotto il sole morbido del pomeriggio. Pellegrini peruviani, mendicanti finti ciechi, carabinieri, gelatai, venditori di souvenir, borseggiatori, preti in clergyman, preti che non sembrano preti, suorine con le tonache nere, bianche, grigie.

E poi lei.

Con questa sua camminata nervosa.

Il rosario in mano.

Il capo chino.

E la sua vocina.

«A ti acudo, única Virgen y Madre de Dios. Ante la única que ha obrado la Encarnación de mi Dios me postro. Me humillo ante la única que es madre de mi Señor...»

Una voce sottile, eppure consapevole di sé.

«Te ruego que por ser la Esclava de tu Hijo me permitas consagrarme a ti y a Dios, ser tu esclavo y esclavo de tu Hijo, servirte a ti y a tu Señor...»

Remedios si ferma di colpo.

Pensa che non è la Madonna a dover decidere. È lei.

Vado o non vado?

Ragionare. E, come le ripeteva madre Dolores, la sua prima superiora, scrutare sempre nel pozzo del male per capire se c'è anche una sola goccia di bene.

Riepilogando: lui le ha telefonato ed è stato chiaro. Ha detto: devo fare il punto delle indagini, e tu dovresti essere così gentile da continuare ad aiutarmi. Fin qui, tutto normale. Stanno davvero conducendo insieme qualcosa di molto simile a un'indagine e, certo, lo ricorda bene, il cardinale Giusti le ha chiesto di assistere in ogni modo l'antiquario che investiga. Però poi lui, l'antiquario, ha aggiunto: magari, per parlarne con calma, potremmo mangiarci un piatto di pasta insieme. E questo, invece, non è tanto normale.

Perché le suore non vanno a cena fuori.

Ma forse è solo perché nessuno le invita mai a cena fuori.

E poi lei ha pure avuto una sensazione netta: il tono dell'antiquario tradiva un filo di impudenza.

Capito, il ciccione?

Simpatico. Senza dubbio simpatico. Ma anche impudente.

Quindi?

A questo punto, Remedios ricorda che madre Dolores le diceva pure un'altra cosa: nell'incertezza, nella tentazione, seguire sempre l'istinto. Diciamo pure, senza vergognarci, il cuore.

Cameriera bassa, simpatica, veloce, con lentiggini e codini tipo Pippi Calzelunghe.

«Pronti? Allora, i primi di stasera sono: cavatelli cicoria e pecorino, mezze maniche alla carbonara, bucatini all'amatriciana, tonnarelli alla gricia e rigatoni con la pajata...»

Pausa.

«Che ve porto?»

È un posto antico: Agustarello, l'ultima autentica osteria di Testaccio. Con i tavoli vicini, le tovaglie a quadretti, il rumore delle comitive di amici, una coppia di amanti che si raccontano segreti a bassa voce, un vecchietto con la giacca dello smoking lisa che suona «Il cielo in una stanza» con il violino, tre ragazze che bevono rosso e parlano dell'ultimo film di Saverio Costanzo.

Remedios ha lo sguardo fisso dentro la bottiglia dell'acqua minerale. Il suo tormento: Madre Santissima, ma cosa sto facendo?

«Soré, nun è pe' daje fretta...» dice la cameriera.

Alle sue spalle, la voce rauca di Alessandro, il proprietario – un tipo massiccio, con la barba, i modi accoglienti. «Lascia stare, al mio amico Gricia ci penso io».

Remedios, richiamata alla realtà: «Ma scusa, Leone: ti chiamano come un piatto di pasta?»

«Sì, cioè no... Gli amici, qualche volta. Poi ti spiego» dice Gricia, imbarazzato.

«Allora, se permettete faccio io» interviene l'oste. «Per lui, la solita doppia porzione di tonnarelli, appunto, alla gricia. Mentre per lei, madre... le consiglio i cavatelli con la cicoria. E magari un assaggio di pajata. Vado?»

«Io di solito la sera prendo un brodo di verdure... Ma cos'è la pajata?»

Venti minuti dopo.

Gricia, in camicia e bretelle, i capelli appiccicati sulla fronte, il piatto vuoto, l'aria pentita: «Squisiti, anche se non avrei dovuto...»

Remedios si sente intimamente soddisfatta. Proprio per questo, assume un'aria contrita. «Sei tutto sudato. E ti sei pure macchiato».

«Dove?»

«Sotto il taschino».

«Il tonnarello è così: ti fulmina».

«Non voglio essere indiscreta ma, insomma, mangi con una certa gola».

«Sorella, confondi la gola con la passione...»

«No. È come se tu ne sentissi la necessità, anche se non ne hai voglia».

«Non ci avevo mai pensato. Forse hai ragione. E non mi capita solo con il cibo... Comunque, lo so: ho sbagliato. Pensa che la prossima settimana, forse, dovrei giocare a tennis con Panatta e...»

«Ma chi è?» chiede Remedios.

«Come chi è?» – Gricia per un attimo alza troppo il tono della voce. «Adriano Panatta è un mito.

Il più grande tennista italiano di tutti i tempi. Ha pure vinto la Coppa Davis dalle parti tue».

«In Colombia?»

«No, in Cile. Nel 1976. Pensa che per protestare contro il regime di Pinochet decise di scendere in campo con una maglietta rossa e...»

«Gricia, tra la Colombia e il Cile ci sono tremila chilometri e tre cordigliere» lo ferma Remedios, con un sorriso. «E noi in Colombia non abbiamo avuto Pinochet, ma i narcos. Travestiti da rivoluzionari comunisti».

Di tutto quel ragionamento sulla geografia e la storia dell'America Latina, Gricia trattiene solo una cosa: per la prima volta lei l'ha chiamato Gricia.

Così prende coraggio.

«Scusa, io ho sempre avuto un dubbio: ma questo velo, voi suore dovete portarlo anche mentre mangiate? No, perché tu tra l'altro hai pure dei bei capelli neri che...»

«Sì, dobbiamo tenerlo sempre» risponde Remedios, abbassando lo sguardo.

«Cioè: anche la sera, quando andate a dormire, tu devi...»

«Senti, Leone...» – era tornata al nome – «senti: la cena era squisita, davvero. Ma non mi avevi invitata per parlare del telefonino che mi hanno rubato?»

«Hai ragione. Cominciamo dalla Contessa: hai presente quella che organizzava i festini al cardinale? Ce ne ha parlato Koko, l'altro giorno, in sacrestia. Bene, ho scoperto che la Contessa gestiva una sauna per gay e...»

«Scusa, e come l'hai scoperto?» chiede Remedios.

«Me l'ha detto una mia amica».

«Quale amica?»

«Come quale... Un'amica, punto. E quest'amica...»

«Scusa. Ma o ci diciamo tutto, oppure... come si chiama, cosa fa?»

«Si chiama Emmanuelle. E un certo mondo lo conosce da vicino. Ti basta?» dice Gricia, simulando fastidio e dissimulando la soddisfazione per l'ombra di gelosia scesa sullo sguardo della suora.

«Va bene» dice Remedios, cercando di mettere su un'aria disinvolta.

«Insomma: vado in questa sauna, ma scopro che la Contessa è sparita, dopo una storia di droga. Perciò la pista della Contessa, purtroppo, si è chiusa subito. Poi però ieri mattina apro i giornali e che ti trovo?»

«Non amo gli indovinelli».

«Nella stessa notte, a Roma, ci sono stati due omicidi. Prima ammazzano un notaio, una roba brutta, a colpi di machete. La testa mezza staccata, un braccio che quasi...

«Non amo neppure i dettagli macabri».

«Sì, certo, scusami. Comunque il notaio io lo conoscevo di vista e di fama: era iscritto al mio circolo e tutti sapevamo che faceva affari sporchi con dei criminali. Compresi i nigeriani. Poi, subito dopo di lui, al Gianicolo hanno ammazzato un negro...»

«Nero, Gricia: si dice nero» lo riprende Remedios e lui ci resta male – è un termine sgradevole, stupido, che non pensa, e sa di averlo detto solo per fare il fico: il fico con una suora.

«Vabbè, hanno ammazzato un nero, un capetto della mafia nigeriana: però stavolta il lavoro è pulito, a sparare è stato un professionista. Uno che… uno che credo di conoscere».

«Come fai a dire che lo conosci?»

«Ho letto un particolare, sui giornali: l'assassino ha fatto una cosa strana…»

«Quale cosa?»

«Non so se è il caso di dirtelo».

«Peggio di così…»

«Insomma, l'assassino ha urinato sul corpo del nigeriano. Una specie di rito macabro: che, però, io lo so, è la firma di uno che conosco».

«Di uno che hai conosciuto nella tua precedente vita, prima di diventare antiquario?» chiede Remedios.

«Più o meno».

«Allora, vediamo se ho capito la tua idea. A uccidere il notaio sarebbe stato il nigeriano. Che, dopo essere scappato, è stato assassinato da questo killer che tu pensi di conoscere. Giusto?»

«Giusto».

«Ora però tu sospetti che questi due omicidi possano essere legati in qualche modo al nostro cellulare e a quelle foto orrende. È così?»

«Non lo so. Se fosse così, sarebbe una bella coincidenza…»

«La coincidenza è il modo geniale di Dio per restare anonimo».

«Di Dio. O del diavolo».

A questo punto Remedios si fa frettolosamente il segno della croce, borbottando formule miste di spagnolo e latino che innervosiscono Gricia.

«Remedios, ascoltami bene: le foto di quel cellulare, e chissà se poi ce ne sono altre in altri cellulari, sono foto che possono far venire giù il governo italiano, mezzo Parlamento, e inguaiare anche la Santa Sede. Compreso il Papa. Pur di averle, o riaverle e farle sparire, può esserci chi è disposto a fare di tutto. Anche uccidere».

«A proposito di governo e Parlamento: hai scoperto qualcosa su quella mano tatuata?» chiede Remedios.

«No, niente...»

«Gricia... Guardami negli occhi: cosa hai scoperto?»

«Remedios, tu meno cose sai, meglio è. Io ti chiedo solo un aiuto: devi farmi capire chi era davvero il cardinale Aldrovandi. Mi servono quanti più dettagli possibili sulla sua doppia vita».

«Va bene. Grazie per la cena» dice Remedios stizzita, alzandosi in piedi di colpo.

Gricia, prima sorpreso, poi divertito: «Calma, sorella, va bene... Dai, ora ti racconto tutto» le dice prendendola per il braccio.

«Continua» risponde brusca Remedios sedendosi e versandosi un po' del Brunello di Montalcino che Gricia ha già quasi finito.

«Quella mano tatuata appartiene a un ministro».

«Cosa? Un ministro? Madre de Dios... sei sicuro?»

«Sono politici nuovi e, bene che va, qualcuno comincio a riconoscerlo dal viso, figurati da un tatuaggio... Così ho chiesto aiuto a un mio amico in questura. Lavora alla Scientifica, non sbaglia».

«E adesso?»

«E adesso dobbiamo pensare che, molto probabilmente, non siamo i soli a cercare le foto di quel telefonino».

«Pensi che anche il ministro...»

«Sappiamo che erano nello stesso letto, quando il cardinale è soffocato. Sappiamo che il ministro l'ha visto morire. Quindi non solo è un testimone oculare, ma può avere il tremendo sospetto di essere finito in qualche foto. Quindi, nel migliore dei casi, è molto preoccupato. Anche perché, come l'ho capito io a chi appartiene la mano che si vede in quelle foto, può averlo capito qualcun altro».

«Se l'inferno esiste, finiscono tutti lì».

«Remedios... se esiste? No, scusa: non siamo sicuri?»

«Viviamo nel dubbio, Gricia. Sai cosa diceva sant'Agostino? Diceva che...»

«Niente teologia dopo il Brunello, grazie. Tu, invece? Hai scoperto qualcosa tra le carte e negli armadi del nostro cardinale sporcaccione?»

«Non parlarne così, ti prego» – ora Remedios ha l'aria di una moglie che tradisce il marito, ne viene tradita, ma non consente a nessuno di dirne male. «Ho rovistato in fretta, prima che la gendarmeria venisse a portare via tutto. Ma ho trovato solo tre pacchetti di profilattici, che Nostro Signore abbia pietà per la sua anima di peccatore, e due paia di mutande da donna molto piccole...»

«Due perizomi».

«Due che?»

«Lascia stare. Poi? Nient'altro?»

«Poi mi ha telefonato padre Celestino».

«Ma no? E che voleva?»

«Mi ha avvisata che il Papa avrebbe in animo di incontrarmi, ma che sarebbe meglio se io, a quest'incontro, per il momento mi sottraessi, magari inventando una febbre, un'influenza...»

«Ha detto altro?»

«Non una parola di più».

«Strano».

«Sì, strano» ripete Remedios, voltando il viso.

Voci alterate.

Una, femminile: sul punto di scoppiare a piangere.

Qualcosa sta andando storto al tavolo degli amanti: dalle promesse d'amore eterno sono passati a scambiarsi accuse e minacce.

Gricia nota che, seduti di fianco agli ormai ex amanti, ci sono due tipi con facce che conosce bene: Gino *er bello* e Tony *mani de fata*. Fa un rapido ripasso mentale: Gino, nel tempo libero comparsa a Cinecittà, è specializzato in rapine a mano armata, possibilmente in uffici postali e benzinai; Tony, ex pugile, gestisce un giro di ragazze dell'Est.

Tutti e due cresciuti a Trastevere.

Ma dalla parte sbagliata.

Perché, sente chiedersi Gricia da un punto imprecisato della pancia che potrebbe anche essere la coscienza: tu sei invece cresciuto dalla parte giusta? Cosa aveva di giusto tutto il male che hai fatto, in nome dello Stato, per conto dello Stato, pensando di scacciare altro male? Se esiste, Gricia, all'inferno ci vanno anche quelli come te.

Alla coscienza non gliene frega niente se stai cenando.

Non ha orario, non ha rispetto.

Così Gricia adesso si asciuga il sudore con il tovagliolo.

Vuota l'ultimo calice di Brunello.

Ignora il rimbombo cupo dei rimorsi e chiede a Remedios: «Vabbè: con cosa chiudiamo?»

«Chiudiamo chi?»

«Sorella… ci smezziamo un tiramisù?»

Vergine Santa, pensa Remedios, pure il tiramisù.

28
Montecitorio

Camera dei deputati, Transatlantico.

Ci sono tutti.

Del resto, è mercoledì.

Gli onorevoli arrivano il martedì pomeriggio, lavorano il mercoledì e il giovedì all'ora di pranzo hanno già il trolley pronto. La scusa: torniamo a lavorare sul territorio, a casa, da chi ci ha eletto. La verità: le Repubbliche si susseguono, prima, seconda, terza, ma la maggior parte dei parlamentari continuano a essere dei privilegiati.

Lavorare poco è un privilegio.

Avere notorietà e un cospicuo stipendio mensile, soprattutto se fuori da questo Palazzo saresti un disoccupato o una modesta avvocata di provincia, è un privilegio.

Essere invitati in tv per dire banalità, è un privilegio.

I privilegi ti si appiccicano addosso. Nemmeno te accorgi.

Una tigna.

Che ha contagiato anche il Popolo dell'Onestà.

Quando i primi tra loro arrivarono in massa,

dopo l'ormai remota vittoria alle elezioni, si erano vietati persino l'ingresso alla buvette. Il caffè, dicevano sprezzanti, ce lo andiamo a prendere fuori. Come cittadini normali. Pagandolo un euro: perché noi non vogliamo approfittare dei prezzi simbolici riservati ai politici di professione. Noi non vogliamo cambiare le nostre abitudini. Noi siamo diversi. Noi siamo migliori.

Durò un mese. Forse meno.

Il caffè che servono alla buvette è acqua sporca; ma berlo qui, appoggiati a questo bancone, lo rende nettare e ambrosia. È l'elisir del potere.

Il ministro Dario Gianese ne ha ordinato uno. Macchiato. La sua collega Stefania Patti, capogruppo del Popolo dell'Onestà in Commissione di Vigilanza Rai, ha preferito una spremuta d'arancia.

«Stefania, te lo dico per l'ultima volta: nel palinsesto autunnale dobbiamo dare un talk politico, in prima serata, a Sasà Bellini. È bravo, se lo merita».

«Dario, lo sai anche tu: non è bravo, non se lo merita e, in più, ha pure quel vizietto...» dice l'onorevole Patti.

«Quale vizietto?» trasale Gianese.

«Dai, Darié...» risponde la Patti, battendo il dito indice sulla narice.

Il ministro respira di sollievo. «Embè? Che sarà mai? In una città dove pippano tutti, proprio Sasà vogliamo discriminare?»

«E poi in Rai, giustamente, fanno resistenze: l'amico tuo non capisce niente, ma proprio niente di politica...»

«No, scusa: e ti sembra un problema? A me sembra un vantaggio. Gli mettiamo intorno un paio di autori nostri e gli facciamo fare la trasmissione che vogliamo noi».

«Sai cosa penso a volte, Dario? Che siamo peggio persino di quelli che c'erano prima».

«Amica mia...» sibila Gianese trattenendo l'irritazione «purtroppo, come diceva Craxi, la politica è sangue e merda».

«Questo, veramente, lo diceva Rino Formica» si inserisce una voce alle sue spalle.

«E lei che cazzo vuo... ah, sei tu!»

Era Andrea Ferro.

La faccia incazzata di Gianese tarda un attimo di troppo a diventare un bel sorriso. Ferro se ne accorge. Il ministro pensa che non può lasciargli un vantaggio. E contrattacca.

«Andrea, ma che fai, mi marchi stretto?»

«Sempre, Dario, sempre».

Scoppiano a ridere entrambi. Si danno il cinque, per la gioia dei cronisti amici.

I politici in ascesa hanno molti cronisti amici.

«Ha ragione Andrea, non era Craxi, era Formica» pensa bene di intervenire la Patti, che in gioventù ha collaborato, senza brillare, con alcuni quotidiani di sinistra.

Ma Gianese non replica, non gliene frega niente di sbagliare le citazioni, tanto l'ignoranza è ormai un merito e poi comunque lui questo Formica davvero non l'ha nemmeno mai sentito nominare; la saluta con un pizzicotto sulla guancia e torna in Transatlantico.

Su un divanetto è seduta la squadra dei cronisti di Repubblica: Tommaso Ciriaco, Carmelo Lopapa e Annalisa Cruzzocrea. Gianese finge di non vederli, poi fa l'occhiolino a Marcello Campo dell'Ansa che sta parlando al cellulare – «Campo, non ti sei ancora stancato di tifare Roma?» –, dribbla con un sorrisone Mario Ajello del Messaggero – «rivolgiti a Ferro, oggi parla Ferro» –, saluta con deferenza il ministro dell'Interno Francesco Ambrati, e tenta una faccia da acchiappo con Veronica Grassi: che però, prontissima, si volta di spalle. Maria Teresa Meli e Monica Guerzoni del Corriere seguono la scena e, con l'aria che mettono su le donne romane per esprimere un misto tra indifferenza e scetticismo, continuano a parlare tra loro.

Gianese allunga il passo e raggiunge la sottosegretaria alla Sanità, Carmela Bonsignore. Una siciliana quasi anoressica e con i capelli raccolti, lo sguardo un po' fisso e il talento di dire sciocchezze. Virginia Raffaele ne fa un'imitazione strepitosa.

Gianese le si rivolge brusco.

«Carmela, allora: nel decreto Buona Salute, quella roba, le convenzioni con le cliniche della Regione Sicilia, devi farcela entrare. Lo so che è un po' complicato: trova tu il modo, ma la voglio dentro. Mi hai capito?»

«Certo, Dario, certo. I proprietari delle cliniche sono amici tuoi e perciò puoi stare certo che...»

«Amici miei un cazzo! Stai zitta, stai... Devi fare le cose senza commentare, porca puttana! Falle e stai muta!»

Ha avuto uno scatto brutto.

Ha alzato il tono della voce.

È stato un attimo.
Ma è successo.
Non devo urlare, pensa. E non devo sbuffare. Devo sorridere, invece. Perché magari quei pezzi di merda dei cronisti sono capaci di scrivere che sono teso, nervoso. E invece no. Va tutto bene. Va proprio tutto bene. Va benissimo.
Solo che, per sentirsela così, forse deve aiutarsi un po'.
Adesso i cronisti lo vedono attraversare il Transatlantico con lo sguardo sbarrato. Arriva in fondo, volta a sinistra, sbatte contro un commesso, lo sposta quasi di peso, e imbocca il corridoio che porta ai bagni.
Entra.
C'è Dario Franceschini che si sta lavando le mani. C'è la presidente dell'Emilia-Romagna Lucia Borgonzoni, di passaggio alla Camera, che scende dal piano di sopra, dove ci sono i bagni delle donne – perché tra i privilegi dei politici non c'è quello di evitare l'imbarazzo della promiscuità: uomini e donne dividono l'antibagno.
Il ministro Gianese ignora tutti e si chiude dentro. Dalla tasca destra della giacca, la mano tremante, tira fuori una bustina con la coca. Ne prende un pizzico e se la mette sotto la lingua.
Poi un altro po'.
E un altro po' ancora.
Maledetta allergia al polline. Il raffreddore gli impedisce di spararsi una bella sniffata. Però già così va meglio, molto meglio.
Siano benedetti tutti i pusher di Roma. E vaffan-

culo a Matteo Salvini e ai suoi leghisti, che avevano proposto pene più severe per il reato di spaccio.

Gianese s'appoggia al lavandino, tossisce, si guarda nello specchio.

È assalito da una magnifica sensazione di euforia, ottimismo, onnipotenza.

Si sorride.

Si piace un sacco.

Con la mano si accarezza il velo di barba.

Allora vede la testa del serpente spuntargli da sotto il polsino.

È un tatuaggio bellissimo, pensa.

E voi non potete farmi un cazzo.

29

Viminale

Ad Andrea Ferro il ministero degli Interni era sempre piaciuto. Imponente, sinistro, in cima a un colle, gli ricordava il Potala, l'antro sul monte che domina Lhasa, da cui i Dalai Lama esercitavano spietatamente il potere prima che arrivassero i cinesi. Ma anche i palazzi di Ceauşescu, quei falansteri da cui poteva venire in ogni momento un ordine di vita o di morte, la grazia o più facilmente la condanna.

Aspettare, invece, non gli piaceva proprio. In quel salottino riservato, poi, appesantito dalla tappezzeria blu, angusto, senza nemmeno una bottiglia d'acqua. Anche far aspettare, pensò, è una forma di potere.

Ma forse quei cinque minuti potevano essere utili per riepilogare le idee.

Dunque, questo Saponaro, grandissimo figlio di puttana, era venuto a trovarlo alla Camera, con un negro. Aveva parlato solo Saponaro. Grandi complimenti, felicitazioni per la nuova politica di accoglienza, resoconto dettagliato dei successi della sua associazione, Fratello Migrante. Con Ferro che si chiedeva cosa cazzo fosse venuto a fare, il vecchio malvissuto, e soprattutto cosa ci facesse quel negro al suo fianco.

Fino a quando Ferro non gli aveva fatto chiaramente intendere che era arrivato il momento di venire al punto. E Saponaro era andato giù dritto.

C'era in giro una foto che poteva rovinare il suo rivale politico. Non c'era stato neppure bisogno di fare il nome di Dario Gianese.

«Sei sicuro che sia lui?» aveva chiesto Ferro.

E lì finalmente si era capito cosa fosse venuto a fare il negro, perché l'uomo, che aveva anche un nome, Koko, fece di sì con la testa.

Era sicuro.

«Si vede in faccia?» aveva chiesto Ferro, tradendo un filo d'ansia.

No, non si vedeva in faccia. Ma c'era quel dettaglio inequivocabile.

«Il tatuaggio?»

Il nero aveva fatto di nuovo sì con la testa.

A quel punto Saponaro gli aveva spiegato che la foto non era proprio disponibile sul momento, c'era stato un problema, ma lui poteva metterlo in contatto con una persona fidata che...

Ferro si era preso un po' di tempo per decidere. In fondo Dario era stato suo amico davvero. Ci avevano anche creduto, all'inizio. Cambiare l'Italia, fare qualcosa per gli altri. Quelle robe lì.

Poi era scoppiato a ridere: «Gliel'ho sempre detto, io, che quel tatuaggio era una cazzata».

Allora Saponaro gli aveva fatto il nome della

persona che poteva provvedere. Uno che Ferro da tanto tempo desiderava conoscere. Vedi che le cose, a saper aspettare, prima o poi arrivano.

Ad esempio adesso è arrivato anche lui, senza neppure chiedere scusa per il ritardo.

Tigellino.

«Onorevole, cosa posso fare per lei?»

«Mi hanno detto che mi può aiutare».

«Volentieri. Ma a fare cosa, scusi?»

Ferro fu molto diretto. L'orgia, il cardinale, la foto, il tatuaggio. Il telefonino rubato. La confidenza, diciamo pure la soffiata, del vecchio malvissuto, Saponaro.

Tigellino rimase qualche minuto in silenzio. Anche il silenzio imposto agli altri, pensò Ferro, è una forma di potere. Poi disse solo: «E così lei mi sta chiedendo di aiutarla a rovinare il suo nemico. Dario Gianese. Un ministro della Repubblica».

«Io non le ho chiesto di rovinare nessuno. Le ho chiesto di aiutarmi a recuperare il telefonino. La foto».

Tigellino si alzò, si affacciò alla finestra, controllò che la scorta fosse al suo posto. Una specie di tic. Poi tornò a sedersi.

«Ma scusi, onorevole Ferro, lei come fa a sapere tutto questo?»

«Gliel'ho detto. Saponaro...»

«Ho capito. Ma Saponaro non è un agente segreto, non è un investigatore privato, non è neppure un poliziotto. È il direttore di un centro d'accoglienza. L'avrà saputo da qualcuno».

«Con lui è venuto da me un nero».

«Un negro?»

«Un negro» concesse Ferro.

«E cosa ne sa il negro?»

«Lui c'era».

«All'orgia?»

«All'orgia».

«Ma quest'orgia, esattamente, dove si faceva? In Vaticano?»

«Scusi, ma io che ne so?»

«Potrebbe essere importante».

«Perché mai?»

«Perché vorrebbe dire che questo negro entra ed esce dal Vaticano quando vuole. Senza che nessuno lo fermi, che nessuno gli chieda niente. Anzi, se ne guardano bene».

«E questo cosa significa?»

«Significa che lei mi sta dando una ragione in più per aiutarla».

30

Bar delle Milizie, quartiere Prati

«Magliano».

«Gricia».

Per i primi vent'anni si sono salutati sempre così. Uno per cognome, l'altro per soprannome.

Nei secondi vent'anni non si sono più visti.

«Perché hai chiesto di incontrarmi?»

«Magliano... calma. Rilassati. Beviti un bicchiere. Il solito Negroni?»

«Una volta... ora vado di Crodino. On the rocks, però».

Gricia escluse che Magliano avesse smesso con i Negroni. Pensò che volesse restare sobrio, per mantenere il controllo della situazione. Tutto sommato, un buon inizio. Lui non era a suo agio; e non doveva esserlo.

«Ci mettiamo qui?» Gricia stava indicando i due sgabelli in fondo al bar, accanto alla cassa. Spalle al muro. La cassiera – bionda, occhi chiari, un filo di trucco – era molto carina, cosa che Magliano le fece subito notare: «Che occhi... come te chiami, diavoletta? Mariangela? Bel nome...»

La cassa faceva rumore e, se disturbava le conversazioni tra innamorati, era ideale per coprire quelle tra agenti dei servizi segreti, in attività o dormienti.

«Te vedo bene, Grì. Anche se, più che dormiente, me pari ronfante...»

La battuta non era male. Ma Gricia non rise.

«A Grì, dimme la verità: sei ancora arrabbiato con me?»

«Arrabbiato, no. Diciamo che sono in credito. E tu sai di essere in debito».

Era l'estate del 1978, e Gricia era magro.

Si chiamava già Gricia, però, e mangiava anche più di adesso. Ma era il tempo in cui si brucia in fretta. Tutto bruciava, allora.

Non per questo Gricia passava inosservato.

Lo contattarono all'uscita da scuola, l'ultimo anno di liceo, al Mamiani. Capelli lunghi, camiciona a fiori, faccia da bravo ragazzo. Si capiva subito che non era un fascio, né un poliziotto.

Uno che si poteva infiltrare.

Dopo l'assassinio di Moro, le Brigate Rosse furono prese d'assalto da giovani rivoluzionari che volevano impugnare le armi. Altro che «le Brigate Rosse cominciarono a morire allora», come è stato detto. Avrebbero potuto mettere i banchetti per l'arruolamento fuori dalle scuole di Roma.

Anche i servizi segreti reclutavano, però. Con più discrezione.

Gricia dimostrò subito un certo talento. Essere diversi può diventare il modo migliore per mimetizzarsi.

Non occorreva però un intuito particolare per capire che sulla geometrica potenza di via Fani, sul rapimento di Aldo Moro, sul massacro della sua scorta erano state dette un mucchio di fregnacce. I primi pentiti avevano casualmente riferito quello che i carabinieri e il governo volevano sentirsi dire: abbiamo fatto tutto da soli, nessuno ci ha aiutati; il Kgb non c'entra niente, la Cia figuriamoci.

Gricia aveva conosciuto uno di quelli che a via Fani c'erano, anche se ufficialmente non c'erano. Era stato a casa sua. Aveva mangiato con lui, dormito nel suo letto. Mancava solo che lo baciasse sulla fronte, come Giuda con Gesù, prima di consegnarlo al suo superiore.

Ma il superiore, nel frattempo, aveva ricevuto altri ordini.

Aveva ringraziato Gricia con una risata nervosa, congratulandosi per la sua bravura. «Ti metteremo al sicuro» gli aveva detto.

«Al sicuro da che?»

Poi il superiore contattò personalmente il brigatista e gli consigliò di partire d'urgenza per il Nicaragua. Gli fornì un passaporto falso. Gli creò il contatto con i sandinisti. Gli costruì la sua nuova vita. E lasciò Gricia solo, a nascondersi dai brigatisti traditi e furiosi.

Fu allora che diventò grasso.

«E comunque» disse Gricia, scuotendosi dai vecchi pensieri, «qualche motivo per essere incazzato ce l'avrei».

Per quello aveva dato appuntamento al suo superiore nel bar di fronte al liceo Mamiani.

Rudi Magliano fece finta di non aver capito: «Grì, qui nessuno te deve gnente. Eravamo in guerra. E in guerra a volte qualcuno passa le linee».

«Sì. Ma per te la guerra non è mai finita».

«Grì, me voi di' che tte serve?»

«Mi serve un telefonino».

«Che me stai a cojona'? Compratelo».

«Non è un telefonino qualsiasi».

«Amico mio» qui Magliano si fece serio, «mi cerchi dopo quindici anni...»

«Venti».

«... dopo vent'anni, e me dici che cerchi un telefonino. Famme capi' mejo».

«Un telefonino rubato. Con dentro qualche foto che mi interessa».

«E io che c'entro?»

«Qualcosa mi dice che c'entri».

«E perché ce dovrei entra'?»

«Perché secondo me la persona che aveva il telefonino è stata ammazzata. E pure la persona che le ha preso il telefonino è stata ammazzata».

«Non sarà che sto telefonino porta jella?»

La stessa risata nervosa.

Magliano sapeva più di quel che diceva.

«Grì, ammettiamo pure che quei due siano stati ammazzati, certo non per il cellulare, ma per le foto. Te ripeto la domanda: io che c'entro?»

Gricia si disse che a quel punto tanto valeva giocare il tutto per tutto.

«C'entri. Perché solo a un gran fijo de na mignotta come te poteva venire in mente di pisciare sul cadavere di un capo della mafia nigeriana».

Magliano si prese qualche secondo. Poi sorrise, più compiaciuto che spaventato. «A Grì, io l'avevo capito subito che eri uno de talento. Ma stavolta è possibile che te stai a sbaja'».

«Dici che mi sbaglio?»

«Non ho detto che te sbaji. Ho detto che è possibile».

«Sei sempre stato un gran bugiardo, Magliano. Anche adesso mi stai mentendo».

«Perché me dici così?»

«Perché Mariangela non è un bel nome. È il nome della figlia di Fantozzi».

Magliano accennò un sorriso da pirata: «Ma la cassiera ha davvero degli occhi bellissimi. Stupendi. Grigio lago. Quindi non ho mentito. Ho detto una mezza verità. Il vero mescolato al falso è un cocktail molto più micidiale delle bugie».

«Grigio lago... sei pure poeta. E sugli omicidi? Qui è tutto vero? O sbaglio?»

«Te lo ripeto: è possibile che te stai a sbaja', Grì. Capita. Ricapiterà. Anche ai più grandi agenti segreti della storia è capitato de sbajasse».

Gricia capì che per quella volta non avrebbe ottenuto di più. Mezza ammissione bastava e avanzava. Forse Magliano aveva davvero il telefonino. O almeno sapeva chi l'aveva. E cosa c'era dentro.

«Rudi, chi è stato il più grande agente segreto della storia?»

«Che domanda è, Grì? Zerozerosette, no?»

«Dico sul serio».

Magliano vuotò il crodino: «Io un'idea ce l'avrei».
«Come si chiamava?»
«Nessuno l'ha mai saputo» continuò Magliano. «Era il capo dei servizi israeliani al Cairo. Infiltrato ai vertici del regime di Sadat. Stava finendo l'estate del 1973, e gli egiziani ammassavano truppe lungo il canale di Suez».
«La guerra del Kippur».
«Era tutto pronto per l'assalto, ma gli israeliani rifiutavano di crederci. Pareva impossibile che gli arabi volessero riprovarci, dopo le legnate che avevano preso le altre volte. Fino a quando, il mattino del 4 ottobre, l'agente dal Cairo non chiama il capo del Mossad e gli dice: "Gli egiziani attaccano dopodomani alle 18"».
«E quello non gli crede».
«No. L'agente insiste, e quello niente. Allora l'agente fa un azzardo che può costargli il posto e la vita. Scavalca il suo capo e chiama il ministro della Difesa: Moshè Dayan».
«Quello con la benda nera sull'occhio, che faceva impazzire le femmine...»
«Quello. Neanche Dayan crede alla guerra. Ma non può far finta di niente. E va dal primo ministro: Golda Meir».
«Gran donna» tiene a precisare Gricia.
«Golda Meir dice a Dayan: devi guardarlo negli occhi per capire se dice la verità. Così Dayan dà appuntamento all'agente a Malta. Lo guarda negli occhi. E quello gli dice: la guerra comincia domani alle 18. Vi resta un giorno».
«E Dayan?»

«Torna in Israele e ordina la mobilitazione generale. Solo che gli egiziani attaccano alle 14. I Mig forniti dai russi si alzano in volo. L'artiglieria apre il fuoco. I carristi si gettano oltre il canale gridando "Allahu akbar", Allah è grande. Ma Israele non si muove. L'aviazione resta a terra».

«Perché?»

«Perché pensa che sia solo una finta: gli egiziani attaccheranno alle 18, no? Invece la guerra è già scoppiata. E Israele la comincia con quattro ore di ritardo. Che rischiano di fargliela perdere».

«L'agente aveva mentito?»

«Sì e no. La notizia era vera. L'ora era sbagliata».

«E quindi?» chiede ancora Gricia.

«Era un agente doppio. Lavorava sia per gli israeliani, sia per gli egiziani. E per i sovietici».

«Ma sei sicuro?»

«No. Ne era sicuro il capo del Mossad. Alla fine però saltarono sia lui sia Dayan».

Rimasero un poco in silenzio. Poi Gricia fece l'ultima domanda: «A Maglià, ma perché mi hai raccontato tutta questa storia?»

«Perché non si capisce mai quando uno fa il doppio gioco. E non si deve capire».

31
Piazza del Collegio Romano

Il vecchio senatore Nardi si fece trovare con un libro in mano.

Volutamente, un libro fuori moda.

Il ministro Dario Gianese non l'aveva mai sentito nominare.

«"La ritirata di Russia", di Egisto Corradi» lesse ad alta voce. «E chi è?»

«Un grande giornalista» rispose Nardi.

«Non lo conosco. I giornalisti sono tutti servi».

«Egisto Corradi purtroppo è morto da molti anni. Però sono abbastanza vecchio da averlo conosciuto. E ho conosciuto anche il suo vicino di casa. Quello del piano di sotto».

«Cosa c'entra il vicino di casa, scusi?»

«Devi sapere caro Dario, abbiamo detto che ci diamo del tu, ricordi?, devi sapere che ogni notte, verso l'una, il vicino era svegliato da un tonfo che veniva dall'appartamento di Egisto Corradi. Sempre lo stesso tonfo, alla stessa ora. Un mistero».

«E che cos'era?» chiese il ministro, più spazientito che incuriosito.

«Una mattina, il vicino si fece coraggio e andò a

bussare a Corradi: si può sapere cos'è il tonfo che mi sveglia tutte le notti? E Corradi gli raccontò la storia della ritirata di Russia».

«La ritirata da dove?»

«Dalla Russia, Dario».

«Ma quando?»

«Era il gennaio 1943 ed Egisto Corradi stava morendo congelato, quando vide un T34 sovietico venirgli addosso».

«Un T che?»

«Un carro armato. T34. Si chiama così perché pesava trentaquattro tonnellate. Con l'ultimo sussulto di forza, Corradi diede un colpo di reni, si gettò di lato, e si salvò».

Gianese, che non era privo di sensibilità e in fondo neanche di anima, cominciava a mostrare interesse per quella storia, e anche per quell'esercizio di seduzione.

«Ma da allora» riprese il senatore «ogni notte Corradi, appena si addormentava, sognava un T34 sovietico che stava per schiacciarlo. Si gettava di lato. E cadeva dal letto».

«Il tonfo».

«Il tonfo».

«E non si faceva male?»

«No. Si era fatto costruire un letto apposta, molto basso, da giapponese. Per attutire la caduta».

Nardi e Gianese si guardarono negli occhi. Era la prima volta che si incontravano a casa del senatore. L'appartamento di un uomo ricco e colto. Nardi ripose il saggio di Corradi nella sezione Seconda guerra mondiale della biblioteca. Il giovane ministro non aveva mai visto tanti libri in vita sua. Dove non c'erano libri, c'erano quadri.

«Ti piace, Dario? È una modesta collezione di pittura barocca romana. Nessun capolavoro, niente di grande valore. Tutte opere di un certo gusto, però. Ci sono voluti molti anni».

Gianese notò un unico vuoto nella parete, tra la libreria e la porta a vetri. Pareva uno spazio lasciato libero apposta. Come se il padrone di casa aspettasse qualcosa da una vita, per metterla proprio lì.

La vista sul Collegio Romano, dove era stato tenuto prigioniero Galileo e Garibaldi aveva arringato i deputati della Repubblica romana, era grandiosa. La luce. I tetti di Roma. Gabbiani in picchiata.

«Attento Dario. Di solito non sono pericolosi, ma in questi giorni sì, perché si schiudono le loro uova. Per difendere i piccoli, i gabbiani diventano aggressivi. Hai mai assaggiato un uovo di gabbiano?»

Il senatore non attese la risposta: era evidente che Dario Gianese non aveva mai assaggiato un uovo di gabbiano.

«Gli inglesi lo considerano una delizia. Sa di mare. Non devi aggiungere sale; è già salato di suo. *Seagull egg*. Se aggiungi il sale, lo rovini».

Il ministro però, dopo i carri armati sovietici e le uova di gabbiano, si era rotto le palle.

«Senatore, ci sono novità per la mia cosa?»

«Sì. Ho fatto le mie ricerche. E ho buone notizie».

«Cosa vuol dire che hai fatto le tue ricerche?»

«Ho parlato con qualche vecchio amico. In Vaticano. E nei servizi».

«I servizi segreti non mi piacciono».

«Sono servitori dello Stato» ribatté Nardi. «Servire è il loro mestiere. E i segreti sono la loro ragione d'essere. Ti sei mai chiesto perché siamo l'unico Paese occidentale a non aver mai avuto un attentato islamico?»

«I servizi raccolgono informazioni su tutti. Ricattano».

«Se necessario. Ma i servizi segreti non sono fatti per lasciar trapelare i segreti. Un segreto che diventa pubblico non serve più a niente».

«Quindi? Quella foto l'hai recuperata, sì o no?» chiese il ministro.

«Non ancora. Ma credo di sapere in quali mani è finita. E conto di recuperarla».

«In cambio di cosa?»

«Lo sai che non voglio nulla da te. Solo la pazienza di ascoltare questo povero vecchio...»

«... che ha ancora qualche buon consiglio da dare» sorrise sarcastico Gianese. «L'hai già detto l'altra volta».

Giulio Nardi si fece serio. «Sì, Dario, credo che qualche buon consiglio potrebbe esserti utile».

«Ad esempio?»

«Ad esempio, il tuo partito si è molto esposto con Putin, ultimamente».

«Che c'entra? Le sanzioni contro la Russia danneggiano le nostre imprese. Se gli americani si ritirano dall'Europa, qualcuno deve pur occupare il loro spazio. I russi non sono nemici».

«Gli americani hanno fatto una guerra ai russi durata più di quarant'anni, e l'hanno vinta. E gli americani non si sono mai ritirati dall'Europa. Non comandano più come una volta, è vero. Ma non puoi averli contro, se vuoi fare politica».

«Se no?»

Il senatore cercò di assumere la postura più umile possibile. Le lezioni vengono meglio quando hai l'aria di non avere nulla da insegnare.

«Dario, gli italiani non hanno un rapporto sereno con il potere. Non appoggiano, non criticano; blandiscono, o abbattono. Mussolini a testa in giù, Mattei saltato in aria sul suo aereo, Moro nel bagagliaio della Renault rossa, Craxi sepolto fuori le mura della medina di Hammamet, Andreotti sotto processo con l'accusa ridicola di aver baciato il capo della mafia. E sai cos'avevano in comune queste persone?»

«Cos'avevano in comune?»

«Si erano messi contro gli americani. Aggiungi Adriano Olivetti, morto all'improvviso a cinquantotto anni di emorragia cerebrale. E Mario Tchou, ucciso in uno scontro sull'autostrada Milano-Torino. L'autista di Tchou non aveva mai avuto un incidente in vita sua».

«Chi era questo Ciu?»

«Mario Tchou era il figlio dell'ambasciatore cinese in Vaticano. Un genio. Pensò e costruì il primo computer della storia. Roba che però serviva agli Stati Uniti. Dopo la morte di Adriano Olivetti, gli eredi cominciarono a litigare. Enrico Cuccia – fondatore di Mediobanca, uomo degli americani – rinfocolò lo scontro, procurando a ogni ramo della famiglia molti soldi per comprare azioni e fregare gli altri eredi. Quando tutti si ritrovarono troppo esposti, Cuccia impose alle banche di chiedere agli Olivetti di rientrare. Ma nessuno poteva rientrare. A quel punto Cuccia trovò la soluzione: vendere la divisione computer della Olivetti alla General Electric».

«Agli americani?»

«Sì. Infatti a Berlusconi ho sempre detto che mettersi contro gli americani era un errore da cui guardarsi. Non a caso, si è salvato; anche se ha pagato pure lui il suo prezzo».

«Berlusconi è un lestofante» – Gianese si era un po' perso lungo la storia di Olivetti e Cuccia, ma su Berlusconi si era ritrovato.

«Berlusconi assomiglia agli italiani» rispose Nardi. «Non ha mai preteso di cambiarli. Il Duce voleva fare di noi un popolo guerriero; e guarda com'è finito. A Berlusconi gli italiani piacciono così come sono. Non ci ha cambiati; ci ha assecondati. E a forza di assecondarci, forse ha finito per cambiarci davvero. Se non ci fosse stato lui, oggi non ci sareste voi».

Il ministro ripensò al suo amico Ferro. Alla conversazione di qualche giorno prima, in Parlamento.

«Giulio, tu lo conosci questo Formica? Secondo te ha ragione, la politica è davvero sangue e merda?»

«Certo che lo conosco. Te lo presento, se vuoi. Ancora campa, ed è sempre lucido. E comunque no, Dario. La politica a me non è mai sembrata sangue e merda. Almeno, io il sangue e la merda li ho sempre evitati con cura. Pensa che non ho mai visto un morto in vita mia: soltanto bare ai funerali. Quando mi portarono in via Caetani a vedere Moro nel bagagliaio di quella Renault rossa, girai la testa dall'altra parte».

«Se la politica non è sangue e merda, cos'è allora? Sesso e soldi?»

Il vecchio senatore sorrise. «Sai quali sono le due leggi di Roma? Tutte le attrici sono troie, e tutti i politici hanno soldi da parte».

«Tutti?»

«Così dicono».

Il ministro Gianese lo guardò con aria interrogativa.

«Scherzo, naturalmente» concluse Nardi.

«E allora cos'è la politica, Giulio?»

«Io l'ho sempre pensata come una partita di scacchi. In cui devi sacrificare molti dei tuoi pedoni, se vuoi mangiare il re al tuo avversario».

Il ministro si sentì preso in un vortice, ad ascoltare tante cose tutte insieme per la prima volta. Si ripropose di tornarci su, ma un altro giorno. In quel momento gli importava solo di uscire da quella casa meravigliosa con qualcosa di concreto in tasca.

«Senatore... allora per quella cazzata... quel telefonino... per quella foto da far sparire, posso stare tranquillo?»

«Se vanno in porto due o tre mosse, sì. Diciamo che è quasi fatta. Quando sarà fatta, tu sarai il primo a saperlo. E l'ultimo».

32

Vaticano, Viminale

«Achille, se hai chiamato per parlarmi del tuo amico diavolo, sappi che non è giornata».

Tigellino era l'unico a permettersi quel tono con il cardinale Achille Tarchiani. L'unico a chiamarlo per nome al telefono.

Il cardinale, però, non era tipo da subire.

«Non mi permetterei mai di darti lezioni sul male, caro Tigellino. Su certe cose, da te ho tutto da imparare».

Tigellino cercò un tono più morbido. La linea privata tra il Viminale e il Vaticano non era intercettabile, si poteva parlare liberamente; ma per il suo obiettivo un minimo di gentilezza era consigliabile.

Prima di prendere, doveva dare.

«Cosa posso fare per te, Eminenza?»

«Devi sapere, Tigellì, che qui in Curia ormai sparisce di tutto… Pure i telefonini dei cardinali».

«Qualcosa mi pare di aver sentito, in effetti».

«Ti pare bene. La nostra gendarmeria non è più quella di un tempo. Per fortuna ho qui la mia suora…»

«Che ha scoperto Jacinta stavolta?» – anche Tigellino conosceva la furia creola.

«Il telefonino potrebbe averlo un grassone. Uno che chiamano Gricia. Ho preso informazioni. Ha lavorato per i servizi. Qualche lavoretto lo fa ancora, credo. Ha una copertura. Una bottega da antiquario, in centro».

Un cardinale che parla come un dirigente di polizia. Tigellino si irrigidì, come il contadino che scopre estranei nascosti nel grano del suo campo.

«Il personaggio non mi è del tutto nuovo. Ma perché il telefonino sarebbe così importante?»

«Domanda ingenua, Tigellino. Non da te».

«E di questo Gricia... io che dovrei farne?»

«Non sta a me dirtelo» rispose il cardinale. «Devo avvisarti però che questo Gricia è venuto a ficcare il naso in casa nostra».

«Be', non sarebbe il primo... qui abbiamo avuto un ministro che girava con il rosario in tasca e nei comizi baciava il crocefisso...»

«Me lo ricordo. Pareva Flavio Bucci quando fa don Bastiano, il prete brigante del *Marchese del Grillo...*»

«Lascia sta', io gliel'avevo detto che rosari e crocefissi vanno lasciati a voi, ma non mi ha dato retta... e comunque: cosa vi ha combinato sto Gricia?»

«Si è visto in una chiesa, a San Bartolomeo dei Camiciai, con uno dei nostri migranti».

«I vostri migranti?»

«Uno di quelli che il Papa – Dio mi perdoni se lo chiamo così ma non è colpa mia, io li avevo avvisati gli altri in conclave che non c'era da fidarsi – uno di quelli che il Papa si è preso dentro le sacre mura. Fa un po' da sacrestano. E magari facesse solo quello».

Un pensiero passò al volo nella testa prensile di Tigellino. Il negro di cui gli aveva parlato l'onorevole Ferro, quando era venuto al Viminale per rovinare il suo amico e diventare il capo del Popolo dell'Onestà. Il negro di Fratello Migrante. Quello che faceva di sì con la testa.

«E come si chiama questo sacrestano?»

«Che importanza ha? Kiko. Koko. Qualcosa del genere. È dello Zambia».

«Achille, lasciami fare il mio mestiere» disse Tigellino. «Raccontami tutto quello che sai. Tutto ha importanza».

«Non so altro, te lo assicuro».

«Questo Kiko, Koko, o qualcosa del genere, c'entra con la morte di Aldrovandi?»

Tigellino aveva fatto la domanda che non doveva fare.

Il cardinale Tarchiani dovette trattenersi per non alzare la voce: «Michelangelo Aldrovandi era un principe della Chiesa. Spirato in odore di santità».

«Mo' non esageriamo...»

«Tigellino, ascoltami. Aldrovandi era molto vicino al Papa, è vero. Ma restava uno dei nostri. Uno di coloro che, come me, vogliono salvare e ricostruire la Chiesa. Per questo devo proteggere la sua memoria. Sono gli altri che lo vogliono diffamare. Quelli che la Chiesa la stanno distruggendo».

«Achille, sei sempre drammatico...»

«Il vero dramma è questo: loro sono considerati migliori di noi. Ma in realtà l'unica cosa che interessa a tutti, qui dentro, è il potere. Potere sulle anime. E sui corpi».

Tra sé e sé, Tigellino annotava freneticamente tutto. Chiesa, sacrestano, Kiko o Koko, Zambia.

Un negro che entra liberamente in Vaticano.

Poi decise che fosse il momento di dare.

«Te lo trovo io, Achille, questo grassone, questo Gricia. E se il telefonino ce l'ha lui, te lo riporto. Hai la mia parola. Costi quel che costi».

33

Via dei Coronari

Gricia è seduto dietro uno scrittoio Luigi XVI, il Mac spento, l'iPhone senza suoneria.

Sono tre giorni che non apre il negozio. Sono tre giorni che non parla con Emmanuelle. Sono tre giorni che si sente un po' stordito da pensieri appiccicosi e scomodi.

L'indagine sulla morte del cardinale Aldrovandi spiega le cose solo in parte.

Ma non vuole dirsi altro.

Non vuole poi sentirsi salire la vocina da dentro la pancia che gli sussurra: no, Gricia, proprio no; questa roba che ti frulla per la testa è una roba che non esiste, è un pensiero perverso, una scorciatoia per l'infelicità, un passaggio per le fiamme dell'inferno.

Allora rimane qui, con lo sguardo fisso sulla servante di epoca vittoriana che il professor Sabatino Barba, psichiatra di fama e prigioniero di una moglie con gusti fermi agli anni Ottanta, farà ritirare all'ora di pranzo.

Sulla porta compare di colpo la faccia allegra di Amal, il rider di Deliveroo.

Dopo averlo salvato dal linciaggio, Gricia gli ha pure trovato lavoro al bar accanto.

Lui gli è ovviamente devotissimo.

«Dottò, bentornato... Tu vuoi bella colazione?»

Gricia però detesta lo zelo.

«No, Amal: oggi solo cappuccino, cornetto e bomba alla crema».

«Tu dieta? Tu male?»

«Nei prossimi giorni devo giocare con Panatta».

«Chi è Patatta?»

«Panatta, si chiama Panatta: è un tennista».

«Tu jochi tennis? Ah ah ah! No no, impossibile...»

«Amal, ma che avrai da ridere? Vieni da un Paese poverissimo e perennemente inondato, lavori come uno schiavo, e ridi sempre... fa' il bravo, vai e portami la colazione» chiude il dialogo Gricia.

Poi prende il cellulare e controlla i WhatsApp.

Ne trova due.

Il primo è di Emmanuelle.

«Sei sicuro che la suorina sia più brava di me, in cucina?»

Il secondo è della suorina.

«Mi seguono. Credo».

Profumo di fiori e di incenso.

Nella lama di sole che filtra dal finestrone di destra, si accende il lampo di un flash.

Voce maschile, con tono severo: «Niente foto, prego».

Il turista giapponese – camicia gialla fuori dai pantaloni bianchi e Borsalino di paglia in testa –

ride, fa segno di no. Poi ripunta la sua Nikon e scatta di nuovo.

La voce ha perso il tono severo: «A piccolé, ma che sei de coccio? *Nunsepossonoscattàfoto*: me so' spiegato, sì o no? E poi tojete er cappello...»

Il giapponese riapre il suo sorriso, e fa ancora segno di no. Sta per riprendere la mira, ma la moglie, valutati lo sguardo e le dimensioni del custode, lo afferra per il braccio e lo porta via.

«Ci vengono da tutto il mondo per vedere questa meraviglia. La maggior parte dei romani e degli italiani, però, non sa neppure che esiste» dice Gricia.

«Quale meraviglia? Perché mi hai portata qui?» chiede Remedios, che gli siede accanto.

«Te lo spiego dopo. Piuttosto, dimmi: chi è che ti segue?»

«Una suora».

«Una suora come te?»

«Gricia, le suore sono suore».

«Capito: ti segue una suora».

«Penso di sì».

«Che significa penso? O ti segue o non ti segue, non è che una...»

«Gricia, non è che tutti hanno fatto gli agenti segreti da giovani».

«Hai ragione... Che poi non te l'ho mai chiesto: quanti anni hai?»

«Ma che domanda è?» dice Remedios voltandosi con uno sguardo che è un misto di stupore e divertimento. «Sì, c'è una suora che mi pedina» prosegue. «Avevo dei sospetti da qualche giorno, poi ieri ne ho avuto la certezza. Si chiama suor Jacinta. Una donna cattiva, che lavora per un uomo cattivo».

«E chi sarebbe quest'altro cattivo?»

«Il cardinale Tarchiani».

«Fammi capire: questa suor Jacinta fa con Tarchiani quello che facevi tu con Aldrovandi?»

«Sì: anche lei è una specie di cameriera. Be', un po' più di una cameriera».

«Parlami di Tarchiani».

«Ha fama di essere crudele, furbissimo, avido di potere. Dicono farebbe qualsiasi cosa per mettere in difficoltà il Papa...»

«Qualsiasi?» chiede con una voce allusiva Gricia.

«Credo di sì... Cos'hai in mente?»

«Comincio ad avere il forte sospetto che quelle foto del cardinale Aldrovandi le stiamo cercando in parecchi».

«Non ti seguo».

«Pensaci: intanto, le cerchiamo noi per conto del cardinale Celestino Giusti. E sicuramente le cerca anche il ministro Gianese: Aldrovandi gli è morto accanto, erano sullo stesso letto, e certo si sarà accorto che qualcuno, mentre loro si divertivano, scattava foto...»

«Poi, secondo te, c'è pure Tarchiani che le vuole. Ma perché?»

«Perché se è il genere di cardinale che mi descrivi e che io immagino, una cosa l'ha capita di sicuro: trovare qualcosa che riguardi le porcherie di un altro cardinale, significherebbe avere in mano la possibilità di far venire giù l'attuale governo della Chiesa, Papa compreso».

«Però non so se Tarchiani...»

«Guarda, neanche io so se Tarchiani sappia delle foto. Ma sono sicuro che intuisca qualcosa di torbido dietro la morte di Aldrovandi. Del resto, in Vaticano, in un posto come il Vaticano, tu credi che nessuno fosse a conoscenza del vizietto del tuo cardinale? Della sua passione per le festicciole? Tu credi che si siano bevuti la versione dell'infarto mentre era immerso, come è stato raccontato ai giornali, nella lettura del Vangelo di Luca?»

«Chiaro che no, certo. Ma perché Tarchiani fa pedinare proprio me?»

«Intanto perché eri, diciamo così, la cameriera di Aldrovandi. E perché, dopo averti pedinata, ti hanno vista insieme con me. E io, come dire?, sono un tipo che non passa inosservato».

«Il ciccione e la suorina» dice Remedios con un velo di ironia.

«No, scusa: come mi hai chiamato?» chiede Gricia asciugandosi il sudore con il fazzoletto e mettendo su una faccia finta offesa.

«Allora» continua Remedios, «l'elenco dei cacciatori è questo: io e te, Tarchiani con suor Jacinta, poi il ministro Gianese...»

«... che avrà sicuramente dei nemici. In particolare, un nemico».

«E chi è?»

«Lo sanno tutti. Andrea Ferro. L'altro leader emergente del partito di governo, il Popolo dell'Onestà. Non possiamo escludere che abbia saputo qualcosa pure lui».

«Ma Gianese e il suo nemico in che modo le starebbero cercando, quelle foto?»

«Un ministro o un politico importante, di solito, in certi casi, chiedono sempre una cortesia ai servizi».

«Ci fermiamo qua?» domanda Remedios.

«No. Poi c'è quasi sicuramente una quinta persona al lavoro, in questa storia».

«Il tuo amico, il killer...»

«Esatto. Del resto: quando i servizi entrano in azione per conto di qualcuno, quasi sempre altri servizi cominciano a lavorare per conto di qualcun altro» dice Gricia con voce fredda.

«Ogni tanto, quando parli, mi spaventi».

«Perché?» chiede Gricia voltandosi di scatto.

«Penso al tuo passato. Alle brutte persone che puoi aver conosciuto. Mi chiedo come tu sia riuscito a vivere dentro un mondo così dedicato al male... non provavi mai fastidio, disgusto?»

Gricia rimane a lungo in silenzio, a cercare le parole.

«Più che disgusto, pena. Vedi, Remedios» – e qui a Gricia verrebbe da farle una carezza –, «l'uomo è sempre sostanzialmente incolpevole, ma solo perché non è mai all'altezza della propria colpa. E io non ho mai incontrato veri criminali, ma sempre, o quasi sempre, solo poveri disgraziati».

«E tu, Gricia: tu ti sei sempre sentito dalla parte del giusto?»

«Viviamo in un mondo dove, purtroppo, non è tutto netto come nella Bibbia: di là il male, di qua il bene. A volte ci sono sfumature decisive. Niente e nessuno è mai come sembra. Neppure il nostro caro cardinale Giusti, per dire».

«Per dire che?»

«No, niente. Ne parliamo un'altra volta».

«No: adesso».

«Sarebbe lunga. Un'altra volta».

«Non mi hai ancora nemmeno spiegato perché mi hai portata qui».

«Perché mi piace guardare insieme con te una cosa molto bella» risponde Gricia alzando gli occhi, prendendo la mano di Remedios e disegnando con l'altra un arco nell'aria della piccola cappella Contarelli.

Sono entrati venti minuti fa.

A lei era sembrato un posto insolito per un appuntamento: un sagrato, una chiesa a pochi passi da piazza Navona. San Luigi dei Francesi.

Perché vedersi in un luogo mistico per parlare di cose così profane? Forse per non dare nell'occhio, forse perché il ciccione è un tipo eccentrico, forse perché lui sa cose che io non so.

E comunque: meglio vedersi in una chiesa, che in un'osteria di Testaccio.

La cappella è l'ultima della navata di sinistra. Sono seduti su un banco laterale.

«Guarda che splendore» dice Gricia. «Questi sono i tre dipinti del ciclo che Caravaggio dedicò a san Matteo».

«Caravaggio, qui?»

«Sopra l'altare c'è L'ispirazione di san Matteo. Quello è il Martirio, mentre nell'altro dipinto è rappresentata la Vocazione».

«Madre mia...»

«Osserva la Vocazione» prosegue Gricia, «guarda quel fascio di luce che entra dalla finestra... Vedi? Solo alcuni dei personaggi investiti dalla luce osano volgere lo sguardo verso Gesù, mentre gli altri no, gli altri preferiscono restare a capo chino, distratti dalle solite occupazioni, dalle proprie miserie e debolezze... Non è magnifico?»

«Sì, è tutto... è tutto assolutamente magnifico».

La mano sottile di Remedios adesso stringe forte la mano carnosa di Gricia. Poi gli occhi della suora si fanno liquidi e una lacrima inizia a scivolarle sulla guancia.

Gricia spera con tutto il cuore che quella lacrima non appartenga a Caravaggio.

34

Garage della Magliana

La scelta dell'arma non si fa mai in due.

Non è un duello cavalleresco.

È un agguato.

E negli agguati, com'è noto, l'uomo con la pistola che incontra l'uomo con il fucile è un uomo morto.

Negli agguati c'è una vittima e c'è un assassino.

Lui è l'assassino.

Infatti ha scelto un fucile a pompa. Un Benelli M3. Fa un po' rumore, ma poi quelli della Scientifica devono usare il cucchiaino.

Eppure non è contento.

Stavolta c'è qualcosa di strano.

Il mandante l'ha riempito di dettagli, ma lui l'ha ascoltato appena.

Tigellino parla sempre troppo.

E lui, il killer, delle sue vittime ha sempre voluto sapere il meno possibile.

Più dettagli conosci, più cose hai da confessare, se va male.

Bastano l'aspetto, l'indirizzo, e uno che ti copre le spalle.

Stavolta non servirebbe neanche l'uomo di copertura. A maggior ragione se è uno che non hai mai visto prima. Però Tigellino ha insistito: «Basteresti e avanzeresti tu. Ma meglio essere prudenti».

Tigellino infatti ha valutato che non si può rischiare.

È un favore per due. Il politico emergente. E il cardinale. Andrea Ferro. E Achille Tarchiani.

Con ognuno ha pattuito un prezzo.

Ferro gli ha promesso la candidatura in Parlamento: e per uno con il suo curriculum può anche voler dire il Viminale, destinato a liberarsi presto. Un ritorno da padrone.

Tarchiani gli ha promesso il nero. Che, fatte le opportune verifiche, risulta chiamarsi in effetti Koko.

L'agguato non può fallire.

L'assassino andrà all'appuntamento accompagnato.

«Tigellì, ma l'altro che viene a fare?» gli aveva chiesto il killer.

«Ti parerà il culo, e ti aiuterà a recuperare una cosa».

«Quale cosa?»

«Hai detto che non ti servono troppi dettagli. Ci penserà lui».

«E chi ti dice che la vittima ce l'abbia con sé, questa cosa?»

«Non è il tipo da separarsene. Nel dubbio, manderemo qualcuno anche a casa sua».

La trattativa economica non è stata un problema.

Tigellino non è mai stato generoso come stavolta.

E anche questo è strano.

35

Canile Muratella

Gricia ha potuto vederli tutti e due da vicino.

Oreste e Clotilde.

Un bassotto nero a pelo liscio di razza purissima e una bastardona figlia di un amore clandestino, con il muso di un labrador e il pelo fulvo di una setter irlandese.

Bellissimi.

E con certi occhi.

Gli occhi dei cani quando escono dalla gabbia del canile.

Gricia ha imparato che, di solito, hanno due tipi di sguardi possibili. Quello che sembra pensare: okay, è andata, adesso questo ciccione mi porta via da qui. Oppure: che palle, la solita pantomima del cavolo, tanto lo so che ora questo sceglie l'altro.

Gricia, però, non sceglie mai.

Caterina, la volontaria del canile Muratella, lo sa. Ma ha imparato. Il ciccione viene una volta al mese. Entra, si aggira tra le gabbie, dopo un po' la chiama e le chiede di poter vedere, da vicino, un paio di cani.

Deve sceglierne uno. Dice sempre: questa è la volta buona.

Ma poi, dopo qualche carezza, guarda Caterina e fa segno di no, niente, non mi decido nemmeno stavolta.

Allora, come sempre, Gricia torna indietro nel vialetto: con gli altri cani che nelle gabbie cercano di attirare la sua attenzione, prendi me, portami via, e così abbaiano, scodinzolano, s'aggrappano alle inferriate, mentre lui, a sguardo basso, entra nell'ufficio della direzione, prende il portafoglio e tira fuori duecento euro.

Caterina, che conosce il gioco, anche stavolta l'ha seguito e lo osserva in silenzio, ferma sulla porta. Lui si volta e dice la solita frase: «Così ci comprate qualche osso buono».

Mette i soldi sulla scrivania, stringe la mano a Caterina, abbozza un sorriso, ed esce.

Piazzale desolato, erbacce, la carcassa di una lavatrice, un materasso sfondato: è una giornata di sole sopra un cielo setoso, il vento di scirocco porta l'odore del mare, Gricia si asciuga il sudore con il fazzoletto e prende il cellulare per chiamare un taxi.

Ma vede che lì, sotto gli alberi, ce n'è già parcheggiato uno. Una Citroën.

Primo pensiero: che botta di culo.

Secondo pensiero: che strano, un taxi in questo postaccio dimenticato da Dio.

Terzo pensiero – incrociando lo sguardo del tassista, che lo controlla dallo specchietto retrovisore: sembra che mi stia aspettando.

Non va bene.
Proprio no.
Gricia è attraversato da una scossa improvvisa che contiene tutto: istinto, mestiere, adrenalina.
Corre verso un cassonetto stracolmo di immondizia.
Il tassista intanto è sceso e impugna una pistola. Un altro tipo, secco e alto, è comparso da dietro una cabina elettrica e imbraccia un'arma lunga.
Sono tutte informazioni che Gricia memorizza in un lampo mentre la mano destra gli si infila dietro i pantaloni per estrarre la Sig Sauer e la testa gli urla la regola numero uno: spara sempre al più pericoloso.
Si mette in ginocchio e fa fuoco impugnando l'automatica a mani unite.
Il ciccione è diventato improvvisamente agile. Il ciccione, al poligono, era il più bravo della sua squadra nel tiro rapido a bersaglio mobile.
Pam pam.
Due colpi secchi.
Il tipo alto beccato alla coscia.
«Bastardo!» riesce solo a urlare, mentre gli cade il fucile.
Il tassista è molto giovane e bestemmia, con uno sguardo pieno di sorpresa. Gli si legge un'espressione del tipo: mortacci sua, questo è armato. Così reagisce sparando come al luna park. Poi indietreggia e risale in macchina. Il lungagnone, zoppicando, si butta sul sedile posteriore.
La Citroën bianca sgomma via.
Gricia è rimasto in ginocchio, immobile, di fian-

co al cassonetto. Gli occhi come due cubetti di ghiaccio. La Sig Sauer che aspetta un nuovo ordine sul grilletto.

Invece è andata. Finita. Vaffanculo.

Gli viene solo da pensare che i killer di una volta tiravano molto meglio.

Fa in tempo a riporre la pistola prima che dal cancello del canile esca Caterina: «Ma che succede? Ho sentito dei colpi e...»

«La marmitta di un motorino. Mascalzoni. Hanno cercato di rapinarmi».

«Oh, mi spiace. Ha bisogno di qualcosa?» chiede Caterina, intenerita.

«Un bicchier d'acqua. E un taxi. Vero, mi raccomando».

Poi, mentre Caterina si chiede cosa significhi un taxi vero, Gricia sbuffando si tira su, va a raccogliere il fucile a pompa e lo getta nel cassonetto.

Si asciuga il sudore, prende il cellulare e scrive a Remedios.

«Non uscire di casa».

36

Convento delle Cistercensi bernardine d'Esquermes

Questa mattina padre Celestino Giusti, il pastore angelico, l'erede naturale del Papa, il consolatore degli afflitti, il fine teologo, si è rotto i coglioni.

È una settimana che non pensa ad altro.

A quel cazzo di telefonino.

Ed è una settimana che rinvia la stesura della pregiata prefazione al saggio di una giovane studiosa, perdutamente innamorata di lui, su Tiziano e la morte di Carlo V.

In sintesi: padre Celestino e padre Enzo Bianchi si sono scambiati una serie di lettere. Argomento: un quadro. Il quadro di Tiziano che Carlo V, dopo aver abdicato, si portò nel monastero di Yuste, in Estremadura, la regione più zitta e solitaria della Spagna; e l'imperatore morì guardandolo.

Solo che non si sapeva bene quale quadro fosse.

Padre Celestino indicava *El Entierro*, la Sepoltura del corpo di Cristo: una tela in effetti meravigliosa, che Tiziano dipinse con le mani, «fondendo i colori l'uno nell'altro, e restituendo il volto di Gesù come fosse già decomposto, prima di essere rianimato dall'energia inesplicabile della Resurrezione» – padre Celestino aveva una prosa faconda e ricercata.

Padre Enzo Bianchi aveva sostenuto un'altra tesi: Tiziano dipinse la Sepoltura di Cristo solo un anno dopo la morte di Carlo V, proprio per celebrarla. L'imperatore era spirato invece guardando un altro quadro, la Gloria, in cui Tiziano l'aveva ritratto accanto a re Davide, Noè e Mosè.

Affascinata dalla dotta querelle, la giovane studiosa Filomena de' Cerchi, di aristocratica famiglia fiorentina, moglie di un cugino di Renzi, aveva scritto un saggio con il generoso obiettivo di dar ragione a entrambi: Carlo V poteva anche essere morto guardando tutti e due i capolavori; e quindi se padre Celestino Giusti affermava il vero, non per questo padre Enzo Bianchi sbagliava.

Ecco, anche di tutto ciò il cardinale Giusti stamattina si è rotto i coglioni.

Mai come stamattina il cardinale Giusti ha la netta sensazione di stare perdendo il suo prezioso tempo. Perché per un uomo la maturità – che lui aveva raggiunto da molti anni – comincia quando intuisce che la cosa più importante della vita non è il denaro, ma il tempo (per una donna comincia quando uno sguardo insistente, che fino al giorno prima la infastidiva, d'un tratto la lusinga).

Finalmente il passo affrettato sulla scala – quel passo – segnala che lei è arrivata.

Per la prima volta, Remedios è in ritardo a un appuntamento con il suo padre spirituale.

E non sembra neppure contrita. Anzi, ha un sorriso disinvolto. Quasi disinibito.
«Mi ha fatto chiamare, Eminenza?»
Anche lo sguardo di padre Celestino non è lo stesso delle altre volte. Come se un'ombra di severità velasse la consueta indulgenza.
«Sì, Remedios, ti ho fatta chiamare per capire a che punto siamo».
Nel tono di padre Celestino, Remedios sente un nervosismo mal dissimulato. Non è amore paterno tradito. Piuttosto possessività violata.
«Ancora nulla, padre».
«Come sarebbe: ancora nulla?»
Il sant'uomo è decisamente nervoso.
«Be', qualcosa abbiamo scoperto, padre. Attorno a quel telefonino c'è una battaglia di potere e...»
«Remedios» ora il cardinale sembra più calmo, «non dire "potere" con quell'espressione sdegnata. Potere non è una parolaccia. Dipende dall'uso che se ne fa. Per quelli come me, come noi, potere non è un sostantivo; è un verbo. Un mezzo, non un fine. Il potere, e la politica, possono essere la forma più alta di carità. Questa vicenda potrebbe rivelarsi più importante di quello che credi. Anche per il destino del Santo Padre».
A questo punto Remedios torna figlia, si scioglie, piega la testa, contrita, e gli racconta tutto. La paura. Il sospetto, forte, che qualcuno la stia seguendo: probabilmente Jacinta, la suora di Tarchiani. E l'agguato al suo amico grasso.
Ma ha la strana sensazione di raccontare al cardinale Giusti cose che già sa.

È un gesto inconsueto, quello con cui adesso padre Celestino solleva il mento della sua protetta con le lunghe dita ossute della mano destra.

«Remedios, non ti devi scusare. Tu hai commesso un errore, come capita a tutti. E forse un errore l'ho commesso anche io, a fidarmi della persona sbagliata. Questo antiquario, questo Di Castro, insomma questo Gricia, come lo chiami tu» – il cardinale nomina Gricia con una smorfia appena accennata di disgusto, come un salutista di fronte a un piatto troppo unto – «non si è rivelato all'altezza della situazione. Ti ha turbata con questa storia di ermafroditi, tatuaggi, tentazioni della carne secondo e contro natura, e ora anche omicidi, imboscate, spari... Tu da adesso in poi devi starne fuori. Hai già fatto fin troppo».

«Devo avere timore per la mia vita?»

«Non ho detto questo. Non lo permetterei. Ma, a volte, occorre capire qual è il momento di fermarsi».

«Preferisce che non mi occupi più del caso?»

«Il caso... Parli come un investigatore privato. Tu devi occuparti della tua anima consacrata, Remedios. Sei giovane e inesperta del mondo. Non conosci di quali insidie siano capaci gli uomini...»

Qui la suora si ribella come fino a qualche giorno prima non avrebbe mai osato: «Nessuno mi ha insidiata! E io non mi lascio insidiare da nessuno».

«Certo, certo. Ma ti consiglio caldamente» di nuovo la voce di padre Celestino sta calcando una parola, anzi dopo una breve esitazione la ripete, «caldamente di non vedere più quell'uomo, che ti turba con le sue fole».

«Padre, è stato lei a chiamarlo».

«E forse, ti ripeto, ho sbagliato. Ora però va'. Prenditi un tempo per te stessa. Perché non parti per un viaggio? Non mi avevi parlato della missione in Mozambico?»

«Mozambico?»

«Sì, quel progetto per l'anagrafe dei bambini abbandonati... poveri piccoli... non vengono denunciati alla nascita, così per lo Stato non esistono, e non sono vaccinati, non ricevono cure mediche, sono predati dai trafficanti di organi... Potresti partire la prossima settimana. C'è un aereo di Fratello Migrante, un volo diretto su Maputo. Vedrai che scegliere il nome dei bambini è bellissimo».

«Scegliere il nome?»

«Certo. Nel nome c'è un destino. Sai cosa vuol dire Eco? *Ex coelis oblatus*, donato dal cielo. Un cognome bellissimo. Pensi che Umberto Eco avrebbe venduto milioni di libri in tutto il pianeta, se il funzionario dell'anagrafe fosse stato meno dotto e più cattivo, e l'avesse chiamato Ficarotta?»

La suora rabbrividisce. Avverte che qualcosa forse si è rotto definitivamente, e non è quella parola volgare che al cardinale non aveva mai sentito pronunciare.

E Remedios ne sentirà ben altre, di lì a poco, quando fingerà di scendere le scale, tornerà su tenendo le scarpe in mano per non fare rumore, e origlierà da dietro l'uscio la telefonata con cui padre Celestino Giusti, il sant'uomo, dirà in malo modo a Gricia di lasciare in pace la suora, di farsi i cazzi suoi, e di sbrigarsi a portargli quel cazzo di telefonino.

37

Viminale

Un dilettante.

Tigellino sa di aver fatto la figura del dilettante.

Di fronte a un professionista del male come il cardinale Tarchiani, poi.

Che stavolta si è scomodato.

Non ha usato il telefono.

Si è preso il disturbo di venire di persona.

E ora Tigellino pensa di distrarlo con il suo argomento preferito: il male, appunto.

«Eminenza, come stai? Sigaro? È bello fumare il sigaro il mattino presto... Ma lo sai cosa leggevo ieri sera, per prendere sonno?»

Quando Tigellino lo chiama Eminenza, di solito ha cattive notizie. Così Tarchiani, in attesa di sfogarsi, cerca il suo tono più paziente: «Cosa leggevi, Tigellì?»

«Le lettere di Hitler a Mussolini, nei giorni dell'attacco alla Russia. Una grande e nobile battaglia, purtroppo perduta, contro il comunismo, in difesa della cristianità. Lettere bellissime, commoventi. Senti qua: "Io accetto con gratitudine la vostra offerta generosa, Duce...". E qua: "Che le nostre Armate marcino fianco a fianco contro il nemico mondiale bolscevico mi sembra un simbolo della lotta di liberazione condotta da voi, Duce, e da me..."»

«Bello, bello» risponde Tarchiani. «Ma mi ricordo pure quando Stalin dice all'inviato di Roosevelt, che gli chiede notizie dei corpi di spedizione italiano e spagnolo: "I miei soldati sarebbero felici di vedere questi italiani e questi spagnoli... Io mi preoccupo solo dei tedeschi. Gli altri non contano niente"».

Tarchiani era un vero ammiratore del male. Stalin era il suo preferito.

«Ma ora, scusa sai Tigellì, vorrei capire...»

«No, Achille, aspetta. C'è una lettera di Hitler stupenda, drammatica. Mussolini insiste per mandare i nostri soldati. E il Führer gli risponde, fraterno: Duce, stanne fuori. "Sono otto giorni che una brigata corazzata sovietica dopo l'altra viene attaccata, battuta, distrutta e nonostante ciò non si è rimarcata alcuna diminuzione nel loro numero e nella loro aggressività. Una vera sorpresa è stato un carro armato russo di cui non avevamo idea, un gigantesco carro armato di circa cinquantadue tonnellate..." Hai capito Achille? I tedeschi si vedono davanti dei mostri, questi carri giganti, e riescono a bloccarli solo sparando ad alzo zero con i cannoni... incontrano resistenze fanatiche, guarnigioni che si fanno uccidere fino all'ultimo uomo...»

«Tigellì, con tutto il rispetto per la cultura storica che ti sei fatto stanotte, io non ti ho chiesto un carro armato gigante. Ti ho chiesto un telefonino. E tu ancora non me l'hai portato. Ma me lo stai per dare, vero? Dimmi che ce l'hai in tasca. Dimmi che stamattina chiudiamo questa storia».

«Achille, mi dispiace. C'è stato… diciamo che c'è stato un incidente» – Tigellino ha una voce incerta che non è da lui.

«Un incidente?»

«Un incidente. Un uomo che non aveva mai fallito… Finora».

«Mi stai dicendo che ti sei affidato a un cretino?»

«Tutti possono sbagliare».

Ora Tarchiani è furioso. «No. Non tutti. I citrulli come te possono sbagliare. Ma lo sai cosa c'è in gioco? Capisci che è un'occasione d'oro per liberarci del peggior Papa nella storia del cattolicesimo? O, meglio ancora, per indebolirlo, annientarlo, volgerlo dalla nostra parte? E tu, che ti fai chiamare Tigellino per la tua presunta spietatezza, mi metti in campo questo eroe, questo soldato, questo miles gloriosus, che non solo non ci riporta il telefonino, ma magari per poco non si fa ammazzare da un ciccione che si chiama come una ricetta tipica della tradizione romanesca?»

Un'ora dopo, Tigellino non ha ancora finito il sigaro.

Non è mai stato umiliato così.

Questi cardinali si sentono ancora i padroni di Roma.

Del resto, lo sono stati per secoli.

E un po' lo sono rimasti.
Si sentono intoccabili.
Immortali.
La lezione farà bene anche a loro.
Un governo forte, guidato dal ministro dell'Interno Francesco Ambrati, a cui l'Italia guarderà come a un padre che protegge, un pastore che tiene unito il suo popolo. E un pastore ha sempre bisogno di un cane da guardia. Lui. Tigellino.
Si tratta solo di trovare la manovalanza. Come ai vecchi tempi.
Sono mesi che ci pensa.
Tigellino ha tenuto d'occhio i romeni del Colle Oppio. Da perdere non hanno nulla. Sono disperati. Anche troppo, per essere affidabili. E poi sono facce che si notano subito.
Ci sarebbero i barboni del colonnato di San Pietro. Passerebbero inosservati. La gendarmeria li conosce, non li teme, li lascia andare e venire. Ma proprio per questo non hanno una motivazione. Perché dovrebbero farlo? Per denaro? E cosa se ne fa un barbone del denaro?
Questo negro di Fratello Migrante, questo Koko, invece, è molto promettente.
La gendarmeria conosce bene anche lui, e non ha nessuna intenzione di fargli domande imbarazzanti, tipo dove vai e da chi.
Inoltre, è ricattabile.
Cosa ci faceva in un'orgia con un ministro e un cardinale? Non lo sa che alla lunga è difficile uscire vivo da un pasticcio del genere? E poi chi ha messo il telefonino con le foto in tasca ad Aldro-

vandi? Il ministro di sicuro no. È stata una persona che non voleva farselo trovare addosso. E magari sperava di mandare un avvertimento. Forse anche di recuperarlo, una volta dentro il Vaticano.

Una persona che sta giocando un gioco rischioso.

Che forse ora ha paura, e può essere ulteriormente spaventata.

Minacciata.

Blandita.

Premiata.

Certo, c'è il dettaglio che la storia d'Italia sia in mano a un africano che si chiama Koko. Ma il nostro povero Paese, pensa Tigellino, si è meritato tutto. Anche questo.

38

Trastevere

Gricia infila la chiave nella serratura della porta di casa.

Ma la porta è accostata.

Pessima sensazione.

La spinge. Resta immobile. Osserva la scena.

Pensieri sparsi: sono venuti a farmi visita, hanno fatto un casino, avrei dovuto immaginarlo, quel maledetto telefonino, quel pretaccio di Giusti, o forse qualche altro pretaccio peggio ancora, adesso mi tocca rimettere tutto a posto, pulire, disinfettare, avvertire subito Remedios (però quest'ultima cosa, a lui per primo, sembra essere una scusa patetica).

Comincia a sudare.

Primo colpo d'occhio: libri e carte sul pavimento, le librerie svuotate per vedere se nascondevano una cassaforte. Un'antica copia della «Divina Commedia» è finita sotto al divano bianco, squarciati i cuscini di pelle del chester, sul tappeto la cornice in frantumi con le foto di Gricia in prima elementare e della madre vestita da sposa. Intatta invece la cornice con la foto del nonno in piazza Venezia, il giorno in cui il Duce annunciò l'ingresso delle truppe vittoriose ad Addis Abeba. Dalla scrivania hanno fatto cadere il lume comprato nella casbah, l'anno in cui Gricia coprì la stazione dei servizi segreti ad Algeri, e il deumidificatore dei sigari: gli sembra manchino un bel po' di cubani. Lui non li fuma e, non organizzando mai cene, non sa nemmeno a chi offrirli: semplicemente gli piace tenerli.

La vecchia abitudine di non inquinare la scena gli ha impedito di muoversi.

Ma adesso entra, fa attenzione a dove mettere i piedi: la cucina, poi la porta finestra che dà sulla terrazza. La porta è spalancata. Sul tavolo, una bottiglia di Roederer e un salame: se si sono presi l'aperitivo, significa che erano tranquilli.

Gricia sa come si fa: uno pedina e controlla la vittima, uno resta davanti al portone, gli altri salgono.

Rischi: zero.

Professionisti.

Inciampa in una valigia aperta nella camera da letto. Ecco, ora deve aprire la cabina armadio ed è una sofferenza per uno come lui, tutto schizzinoso, tutto preciso, con le camicie piegate e impilate per colore, i pantaloni appesi per gradazione, dal beige chiaro al verde scuro, e poi le cravatte e i blazer blu, ordinati secondo il peso della stoffa, dal più leggero al più pesante.

Anche il materasso hanno rovesciato.

Le lenzuola e i cuscini sottosopra.

Il pigiama Brooks Brothers per terra.

Si volta e vede l'unica cosa che lo disgusta più

ancora di questo disordine: la sua immagine riflessa nello specchio del bagno.

Poi legge: «Fatti i cazzi tuoi, ciccione di merda».

Hanno usato il rossetto di Emmanuelle.

39

Campo rom dell'Anagnina

La vecchia e la ragazza parlano sedute davanti al fuoco.

Nel campo rom dormono tutti, a parte i topi, ancora al lavoro tra le baracche e sotto le roulotte.

«Quel porco di Dragomir mi ha preso a calci, staccato una ciocca di capelli e con un pugno, guarda, mi ha rotto il labbro» dice la ragazza con una voce che non è più la voce di una ragazza.

«Alexandra, lo avrai fatto arrabbiare» sorride comprensiva la donna con il viso pieno di rughe, grandi orecchini d'oro e corallo, un occhio semichiuso e la bocca dove sono rimasti solo gli incisivi.

«A me piace rubare. Però non per lui. Non voglio più lavorare per lui».

«Sei pazza. Ma ti capisco. Un capo per farsi rispettare deve essere duro, non malvagio. E invece lui è riuscito a farsi odiare da tutti».

«Devi aiutarmi, Margareta».

«Forse nemmeno te lo ricordi, ma quando eri bambina ti tenevo sulle ginocchia e tu volevi sentirti raccontare sempre la stessa favola, quella della Regina senza regno. Ti piaceva molto, mi dicevi che ti faceva sognare. Ora sei cresciuta, sei la ragazza più bella e svelta del campo, e io, credimi, continuo a volerti bene. Ma, davvero, posso solo consigliarti. Altro non posso fare».

«No: tu sei la nostra maga, ricuci ferite e guarisci malattie, fai partorire le donne e accompagni i malati dall'altra parte. E tutti sanno che... puoi dare la vita, e la puoi togliere. Aiutami, ti prego».

La vecchia sospira.

La vecchia osserva le fiamme del falò.

Poi si alza e si allontana zoppicando verso la sua roulotte, che è in fondo al campo.

Dopo qualche minuto, la sua sagoma ricompare nella penombra. Stringe in mano una boccetta contenente un liquido oleoso, giallastro.

«Cos'è?» chiede Alexandra.

La vecchia risponde con un sorriso stanco ma complice.

«Cicutina. Ha un odore un po' forte, ma nell'alcol si diluisce perfettamente. Se la vuoti dentro la bottiglia di whisky che tiene sul tavolo fuori dalla roulotte, Dragomir non si accorgerà di niente. Anche stanotte tornerà ubriaco e, come sempre, avrà voglia di bere ancora».

«Quanto ci mette a fare effetto?»

«Comincerà a respirare male. Il nostro re morirà soffrendo come una bestia».

La Mercedes Cla coupé nero metallizzato di Dragomir entra nel campo quando ormai si sta facendo giorno.

Lui scende barcollando. Si accende una sigaretta e cammina verso la sua roulotte.

Dalla tasca dei pantaloni tira fuori un Rolex d'oro che suo cugino Gerani Casamonica, detto il Barone, gli ha dato in cambio di informazioni su una villa da svuotare. Dragomir, com'è noto, adora le macchine e i telefonini, e non è mai andato matto per gli orologi. Ma questo è proprio un bel Rolex. Se lo infila al polso, bestemmia di soddisfazione e si siede al tavolino.

Ha mangiato e bevuto come un diavolo. Però ora ha di nuovo la gola secca. Prende la bottiglia di whisky, manda giù due lunghe sorsate, la posa, rutta, e si accorge di un foglietto.

«Io sono la nuova regina».

Non capisce. Forse è uno scherzo, forse no. Non gli importa di capire. Se c'è un re, è lui.

Comunque il re ha solo sete.

Così beve ancora.

E ancora.

Gli occhi della nuova regina lo osservano da lontano.

Pensava di dover aspettare di più.

Invece Dragomir sputa quasi subito per terra e tossisce, tossisce forte, ora sputa sangue e si tocca il torace, mugugna qualche maledizione, si stringe la gola con le mani, grugnisce, vomita.

Poi il re cattivo, dopo essersi piegato, le mani sul ventre, le gambe incrociate, cade.

E inizia a morire.

40

Piazza del Collegio Romano

Dovevano essere gabbiani dallo spiccato senso di paternità. Il povero Dario Gianese, uscito in terrazza per ammirare il panorama, dovette riparare dentro, inseguito da bestiacce ancora sporche del sangue dei piccioni predati in strada e degli avanzi rubati – con tecnica invero pregevole – dai sacchi dell'immondizia.

Il senatore lo accolse con un sorriso protettivo. «Difendono la specie. E la migliorano. Hai visto come hanno imparato ad aprire le borse della monnezza con il becco? E poi diventano sempre più grossi. A Hitchcock sarebbero piaciuti, i gabbiani di Roma».

Per il ministro la casa di Nardi era ormai un luogo accogliente. Cresciuto in appartamenti senza libri e senza quadri, vedere tutti quei volumi e quelle tele lo faceva sentire migliore.

C'era sempre, però, lo spazio vuoto alla parete.

«Sto ancora aspettando una cosa da un amico» sospirò Nardi.

«Anch'io» rispose asciutto Gianese.

«Hai ragione, Dario. Siamo a un passo, te lo assicuro. Manca il tassello finale».

«Come fai a saperlo? Giulio, guardami negli occhi. Dimmi la verità: non è che stai bluffando?»

Nardi non aveva mai giocato a poker; ma per la prima volta capì cosa si prova a rilanciare forte avendo in mano una doppia coppia.

Lui non aveva nessuna idea di dove fosse quel maledetto telefonino. Ma pensò che un vero giocatore di poker rimane dentro il suo bluff.

«Ho la sensazione che qualcuno abbia provato a prendersi il cellulare. Con le buone o con le cattive. Direi con le cattivissime. Ma non c'è riuscito».

«Qualcuno chi?»

«Qualcuno che non ti ama».

«Cos'è, un indovinello? Chi è stato?» sibilò Gianese.

«Dario, la vera domanda è: chi è il tuo nemico?»

Il ministro stavolta rimase in silenzio. Poi disse soltanto, con un filo di fiato: «Lui?»

«Lui».

«Ma secondo te chi può averglielo detto a Ferro?»

«Non lo so. Un testimone che quella notte c'era. O un'anima sporca, uno dei servizi segreti, che su questa storia magari starà già lavorando...»

«Ma come cazzo funziona questa città?»

«Non è "questa città". Roma è un grande paravento. Piena di cose che sono a Roma, ma non sono Roma: i Palazzi, il Vaticano. Roma è l'unica grande capitale al mondo in cui la prima fonte di proventi sono le camere affittate in nero, la seconda è la pizza al taglio, la terza droga e mignotte. Roma è una scena teatrale, magnifica e cadente. Quello che conta non è la città; è il potere. E il potere è fatto di relazioni. Il tuo amico Andrea Ferro si sta costruendo le sue. Solo che non sono le relazioni giuste. Infatti il telefonino non ce l'ha e non l'avrà. Le relazioni giuste sono le tue. Infatti lo avrai».

Nardi pensò che il suo bluff stava funzionando. E un bluff che funziona diventa la verità.

«Mi stai descrivendo il vecchio mondo» lo interruppe il ministro. «A me non servono relazioni. Oggi tutto passa dalla rete. E dai soldi».

«Non tutto. In rete trovi quello che vogliono farti trovare. E le relazioni sono più importanti dei soldi; ad esempio possono farti abitare gratis o quasi in un appartamento per cui non basterebbero ventimila euro al mese» – e qui il senatore stava palesemente parlando di sé. «Il vero potere non è assegnare appalti, comprare cacciabombardieri, nominare consiglieri d'amministrazione. Il vero potere è il potere sulle anime. Seguire il percorso delle persone. Accompagnarle. Avvolgerle. Organizzare il loro tempo e i loro pensieri. Trovare il medico se sono malate, il lavoro se sono povere, il fidanzato se sono sole».

«O la fidanzata» – a Gianese non mancava un po' di autoironia. «Come erano le due leggi di Roma, Giulio? Le attrici sono tutte troie, e i politici hanno tutti soldi da parte, giusto?»

«Quale ti interessa di più? I soldi o le troie?»

«Tutte e due».

Per la prima volta, da quando i loro sguardi si erano incrociati nella ressa davanti al Senato, Giulio Nardi e Dario Gianese risero insieme.

Ora però al senatore toccava rispondere.

«Non sono leggi da prendere alla lettera. Non vuol dire che tutte le attrici la danno facile, o che tutti i politici rubano. Queste sono volgarità da mercato rionale, o da social come direste voi. Più opportunamente, un'attrice di successo sa scegliere gli uomini di cui innamorarsi: di solito, da giovane, un regista importante e, attorno ai quaranta, un produttore solido. E guarda che scegliere la persona di cui ti innamori è un'arte. La premessa della felicità».

«E i politici?»

«È più o meno lo stesso. L'arte è quella di accumulare denaro e influenza senza finire in galera, se possibile senza commettere reati. Il denaro serve ad accrescere il potere, il potere serve ad accrescere il denaro. E le relazioni sono la chiave. Ricordati che anche l'ex presidente del Consiglio che tutti consideravano e considerano un santo, l'emiliano, scriveva sui giornali americani articoli a favore del leader ucraino, quello amico di Putin...»

«Senatore, tu ce l'hai con la Russia».

«Sei tu che non vedi come la Russia stia tendendo la rete per prendere l'Europa alle spalle. So ad esempio che ti sei compiaciuto per la vittoria dei populisti in Spagna».

In effetti a Madrid, caduto il governo socialista per la rottura con i separatisti catalani, le elezioni erano state vinte da Podemos, i populisti di sinistra, e più ancora da Vox, quelli di destra.

«Cosa c'entra la Spagna?» sbuffò Gianese.

«La Spagna c'entra sempre, Dario».

Il senatore indicò la cartina d'Europa appesa tra

una Madonna del Lanfranco e una Natività di Pietro da Cortona. Era una cartina al contrario, disposta non da Nord a Sud ma da Est a Ovest. In alto c'era la Russia. In basso la Spagna.

«Vedi, questo è il motivo per cui Mosca fu l'unica potenza straniera ad aiutare i repubblicani nella guerra civile spagnola. Per chiudere l'Europa in una morsa. Fortunatamente, venne sconfitta».

Gianese si sentì mancare l'aria. Della guerra civile spagnola in rete non si parlava mai.

«Fu una vicenda grandiosa e terribile» riprese Nardi. «I tedeschi e gli italiani furono decisivi per la vittoria di Franco. E la tecnica di Franco era quella delle guerre coloniali in Africa: vince l'esercito in cui ne rimane almeno uno vivo. Non una guerra; un lungo sistematico massacro».

Il ministro lo fissava basito.

«Nelle regioni dove il golpe di Franco non riuscì, i poveri fecero la rivoluzione. In Andalusia i padroni fuggirono, i contadini occuparono le fattorie, e come prima cosa macellarono i tori da combattimento e li arrostirono».

«Poveri tori! Che cosa orribile!»

«Sì. Ma era la prima volta che i contadini mangiavano carne in vita loro. Poi però Franco vinse la guerra e i padroni tornarono. In questi casi c'è sempre un delatore che indica con il dito: lui, lui, e lui. Quelli che avevano macellato i tori vennero portati nei campi, obbligati a scavarsi la fossa, e fucilati».

Gianese sembrò impressionato, anche se non come per i tori.

Nardi intuì il fascino che i suoi racconti esercitavano sul giovane ministro. E si giocò la carta dell'assedio di Caceres.

«A Caceres accadde anche di peggio. Quando vi entrarono, i franchisti fecero spogliare tutti i maschi adulti. Quelli che avevano sulla spalla il segno del rinculo del fucile, perché si erano battuti per difendere la loro città, furono giustiziati. Gettati nelle fosse comuni. E le loro donne stuprate».

Gianese avrebbe voluto riportare la conversazione sul telefonino; ma cominciava a credere veramente che il senatore sapesse qualcosa che non poteva o non voleva dirgli.

«Il tuo maestro è stato Andreotti, vero? Ti chiami anche come lui. Giulio».

«Andreotti era amico di mio padre. Per questo mi chiamo così».

«E com'era Andreotti?»

«Alto».

«Alto?»

«Prima di incurvarsi, Andreotti era alto. Molto, per i tempi. E aveva un'attitudine quasi femminile a risolvere i problemi».

«Perché femminile?»

«Perché le donne, Dario, sono incapaci di astrazione. Le donne non ridono di Fantozzi, perché pensano che abbia davvero una figlia orribile e gli piova davvero sulla testa; e non mangiano volentieri il fegato o la coratella, perché pensano che stanno davvero mangiando il fegato e il cuore di un animale. Questo le rende facilmente infelici, ma molto portate per la politica. La donna va dritto all'essenza delle cose. Andreotti sapeva farlo, anche se non era una donna».

Per Gianese, Andreotti era come Tutmosis III: un tizio vissuto molto tempo fa. Di lui, in rete, aveva letto una cosa sola: che forse si era baciato con Totò Riina. Così si fece coraggio e chiese: «Sul serio Andreotti si era baciato con Totò Riina?»

Nardi si rabbuiò. Era chiaro che quella storia lo faceva soffrire. «Lo escludo. Non ho mai visto Andreotti baciare sua moglie Livia; figurati se avrebbe mai baciato un uomo in pubblico. Il capo della mafia, poi. Ricordo quando lo accompagnai a vedere *Il Divo*, il film di Sorrentino su di lui. Soffrì molto. Arriverei a dire che ne morì. Fu peggio dei processi: perché Andreotti sapeva che non tutti credono ai giudici, ma tutti credono al cinema. Da sottosegretario ha fatto girare più film Andreotti di Weinstein. Per questo Andreotti sapeva che della sua lunga storia soltanto questo sarebbe rimasto: il film».

«Sorrentino è un grande regista» obiettò Gianese.

«Sono d'accordo. "L'uomo in più", "Youth": stupendi. Ma "Il Divo" è il suo film peggiore. Il cinema politico richiede un certo rigore. Andreotti non era così. Noi non eravamo così. Pomicino non faceva scivolate sul pavimento di Montecitorio, Evangelisti non morì gridando a squarciagola, e Andreotti non ascoltava Renato Zero tenendo per mano la moglie. Non conosceva una sola canzone di Renato Zero. Così gli feci sentire "Amico", e gli piacque molto il verso iniziale: "Il sole muore già, e di noi questa notte avrà pietà..."»

Allora accadde una cosa che Giulio Nardi aveva solo sognato. Il ministro, l'astro nascente della politica italiana, il giovane che lui aveva preso sotto la sua protezione, si era alzato per venire a sedersi al suo fianco, sul suo divano, e l'espressione del viso lasciava intendere che, se pure Andreotti non aveva baciato Totò Riina, lui, il senatore, avrebbe potuto baciare Dario Gianese.

E non è così sicuro che non l'abbia fatto.

41

Tattoo Shop, Tuscolano

«Quanto manca?» chiede il ministro.

La Bmw blu cobalto dai finestrini oscurati avanza lenta nel rosario dei semafori di via Tuscolana.

Periferia Sud. Palazzoni alti e grigi. Marciapiedi trasformati in un grande mercato orientale. Altri gabbiani di dimensioni preistoriche a banchetto nei cassonetti colmi di immondizia. La Roma deturpata dall'ex sindaca Raggi, che ha completato l'opera di Alemanno e Marino.

L'autista risponde guardando Gianese dallo specchietto retrovisore. «Una decina di minuti, e siamo lì».

«Il navigatore che dice?»

«Il navigatore s'è rotto ieri».

«E facciamolo riparare, no?»

«Ho pensato che la prossima settimana dovrebbe arrivare la nuova Audi e perciò...»

«Giusto, Armando. Risparmiamo un po' di soldi pubblici quando si può».

«Comunque, ministro, te ne accorgerai: l'Audi è tutto un altro mondo. Poi tu hai ordinato un missile, non una macchina».

«Tremila di cilindrata. Come quella del premier. E che cazzo, lui con il culo sul missile e io su questo cesso di Bmw?»

«Be'...»

«Be' cosa?»

«No no, niente».

«E no! Ora parli!»

«Per un attimo, mi sono tornati in mente i bei tempi andati quando tutti insieme fondammo il Popolo dell'Onestà. Ai comizi arrivavamo a piedi, con la metro e...»

«Embè? Che volevi, restare un pezzente per tutta la vita? Ti fa schifo fare l'autista, avere un lavoro sicuro, lo stipendio fisso?»

«Non volevo dire questo...»

«E invece secondo me, Armà, tu sei uno di quelli che un po' di puzza sotto al naso ce l'ha. Sei uno che rimpiange le origini, il grande sogno... ma cambiamo discorso, guarda, che mi girano le palle quando sento affiorare certe cazzo di nostalgie».

«Vabbè... Ma fa male?»

«Che?»

«Farsi un tatuaggio. Stiamo andando da un tatuatore, no?»

«Dipende da dove te lo fai» risponde Gianese, controllandosi la testa del cobra che gli spunta da sotto il polsino bianco insieme al Jaeger-LeCoultre Reverso. «Sui punti ossuti del corpo, come la caviglia o il costato, sì, lì fa abbastanza male. Nelle zone molli, carnose, molto meno. Poi, ovviamente, ognuno ha la sua soglia del dolore».

«E la tua?» domanda con un sorriso complice l'autista.

«Boh. Io ho pure un piercing sul glande».

«Cosaaa?»

La giornata era cominciata normalmente. Sveglia, palestra, ministero. Ma appena si era seduto alla scrivania – doveva esaminare un dossier sul decreto Buona Sanità e un altro, molto delicato, su un'azienda pubblica – l'aveva posseduto improvviso un pensiero forte, incontrollabile. L'aveva avvolto una vampata di eccitazione, di puro desiderio sessuale.

Però di quel sesso lì.

Orge, ammucchiate, sudore, odori, uomini, donne, trans, giocattoli, coca, alcol.

Da quella notte, non gli era più successo.

La morte di Aldrovandi c'entrava fino a un certo punto: anzi, era stato persino eccitante vederselo boccheggiare accanto, la busta di plastica stretta in testa, appiccicata sul viso, contratta nella smorfia oscena di un orgasmo mortale. Il problema è che poi la Contessa, quel troione che organizzava tutto, era sparita dalla circolazione. E, con lei, anche le foto che probabilmente aveva scattato.

Ma le foto non sono un problema.

Non possono essere un problema.

Me le troverà Nardi.

E comunque a me nessuno può farmi un cazzo, foto o non foto.

Perché io sono invincibile.

Ecco – aveva pensato, alzandosi di colpo dalla poltrona e andando alla finestra – devo tatuarmela addosso questa cosa.

Devo tatuarmi che sono invincibile. Devo tatuarmi un drago.

Due anni prima, si era tatuato un cobra: dal gluteo tutto attorcigliato fin sulla spalla e poi giù, lungo il braccio sinistro. Un cobra: l'animale più aggressivo, veloce e letale. E con quel cobra ci era diventato ministro.

Ora gli serviva un drago. Il simbolo della potenza assoluta. Venerato e temuto.

Proprio come voleva essere adesso lui.

Il tatuatore più famoso di Roma, specializzato nell'Irezumi, il tatuaggio giapponese dai colori sgargianti e dalle forme morbide, si fa chiamare Bitter Mouth, bocca amara. Sarebbe molto meglio il suo vero nome: Rocco Sanguedolce. Un tipo sui quaranta con l'accento pugliese, il viso tirato, giallognolo, i capelli stretti in un codino, i pantaloni di pelle neri, la camicia bianca aperta sul petto depilato.

Il suo studio è tra un negozio di materiale elettrico e una tintoria. Tre grandi stanze, una dentro l'altra. All'ingresso, pareti colore del piombo e foto di corpi tatuati. Cara Delevingne, Asia Argento, Johnny Depp, Nainggolan, Beckham. Un crocefisso in ferro. Sulla destra, un divano bordeaux e un tavolo con i bicchieri e una bottiglia di vodka commerciale. Odore di sandalo e ammoniaca.

«Ecco, qui può scegliere il suo drago» dice Bitter Mouth a Gianese, porgendogli un album.

Il ministro ha le idee chiare. Sfoglia velocemente, poi torna indietro e indica una foto. «Voglio questo drago qui».

«È il Ka-Riu. Ottima scelta. Dove lo vuole?»

«Sulla spalla destra».

«Ci vorranno un paio d'ore. Venga con me».

Nell'ultima stanza ci sono due lettini, divisi da una tenda verde. Da dietro la tenda spunta una ragazzina con le trecce nere, si soffia sul braccio, poi alza lo sguardo, allarga un sorriso furbo nel quale Gianese vede un labbro gonfio e due denti d'oro, ed esce.

«Cosa si è fatta tatuare, la zingarella?»

«Una madonna» risponde Bitter Mouth, che sta preparando la macchinetta con l'ago e i colori.

«E perché?»

«Perché dice che a lei comunque sembra l'immagine di una regina».

«Una regina?»

«La ragazzina s'è messa in testa di essere la regina dei rom di Cinecittà».

42

Piazza San Pietro

Le ultime persone a vedere il volto di Michelangelo Aldrovandi furono il capo del cerimoniale vaticano, monsignor Gaetano Bandoni, e suor Remedios. Nessuno dei due pianse. E non solo perché erano intenti al compito solenne di coprire il viso del cardinale con un velo bianco di seta, che l'avrebbe nascosto per sempre al mondo.

Per lui era già pronta una tomba quasi da Papa, nelle grotte vaticane, tra due regine, Cristina di Svezia e Carlotta di Cipro.

Monsignor Bandoni recitò la preghiera che accompagna la velatio: «O Signore, il suo volto veda ora il tuo volto paterno, il suo volto sottratto alla nostra vista contempli la tua bellezza...»

Piazza San Pietro per un giorno aveva il cielo di Londra. Sole scialbo di primavera, all'alba. Un refolo di caldo estivo. Poi fredde nuvole d'autunno. Quindi un gelido vento invernale, che concelebrò la cerimonia e la rese imprevedibile, facendo svolazzare le vesti dei cardinali, cadere i loro copricapi, disperdere l'incenso in cielo, rabbrividire i potenti, sventolare le bandiere dei loro sudditi, alzare le code dei frac ai gentiluomini vaticani, e girare le pagine del Vangelo appoggiato sulla bara.

Qualcuno che piangeva c'era. Ma, come a ogni funerale, piangeva in realtà la propria morte.

Aldrovandi aveva predisposto ogni dettaglio. Anche la policromia della piazza: la macchia scura delle autorità, la rossa dei cardinali, la porpora dei vescovi, la bianca dei parroci romani, la gialla dei fotografi in pettorina, la nota multicolore delle bandiere – soprattutto filippine, messicane, polacche. I popoli davvero cristiani sono rimasti pochi.

Carabinieri cortesi, gendarmi vaticani cattivi.

Una bambina ha portato il suo peluche. Il cardinale, a modo suo, era un uomo amato, o comunque rispettato.

Alle 10 e 04 le campane che accompagnavano l'arrivo della bara quasi non si sentirono, sovrastate dalle pale di un elicottero. Sul tetto della basilica, tra gli apostoli che camminano come un esercito schierato in battaglia, e precisamente tra la croce di Cristo e la croce di Sant'Andrea, era piazzata la telecamera della Rai: anche in viale Mazzini, Aldrovandi era temuto e ammirato. Riflettori sulle terrazze del Gianicolo. Sul tetto sopra il Portone di Bronzo, diplomatici, cronisti, nobildonne in lutto totale che si fotografavano l'una con l'altra, suore raccomandate, pellegrine polacche in costume tradizionale.

In prima fila, poltrone di velluto con inginocchiatoio. In seconda, poltroncine di legno. In terza, sedie di plastica.

Con un certo imbarazzo, il senatore Nardi e il

ministro Gianese trovarono i cartellini con i loro nomi in posizione d'onore. Nardi aveva accanto il presidente del Consiglio e il granduca Enrico di Lussemburgo. Gianese era seduto tra il principe Alberto di Monaco e la regina Letizia, macchia chiara nel mare nero: per secolare privilegio, la regina di Spagna è l'unica donna che può vestirsi di bianco davanti al Papa. Da vera signora, Letizia non ne approfitta mai più di tanto. Per l'occasione aveva scelto una mantiglia color avorio.

In seconda fila, Pierferdinando Casini e Clemente Mastella osservavano con un po' di imbarazzo la sedia vuota del patriarca copto, che aveva preso malissimo la retrocessione.

Gianese si girò a controllare. Andrea Ferro aveva avuto il buon gusto di non farsi vedere.

Celebrava il cardinale Achille Tarchiani. Padre Celestino Giusti volle però intervenire per rivolgere una speciale invocazione alla Madonna, «cui il nostro fratello cardinale era tanto legato, dopo aver perso la mamma da piccolo».

Si pregò in spagnolo, francese, swahili, filippino, tedesco, inglese, polacco, portoghese, latino. Ma Aldrovandi aveva chiesto anche una preghiera in greco. Gianese distinse «soter», «tyrie», e ancora «kyrie eleison», e ripensò alla sua infanzia in Germania. Per le nonne le preghiere erano un segno di identità, in un Paese che disprezzava gli italiani. Non ne conoscevano il significato, ma le sapevano a memoria.

Tarchiani esitò un attimo. In mano teneva la lettera che Aldrovandi gli aveva affidato nel testamento, da leggere al posto dell'omelia. Guardò in direzione del palazzo apostolico. Vide una tenda scostarsi, un lampo d'occhi. Qualcuno avrebbe potuto pensare a un fantasma. Lui riconobbe il profilo del Papa emerito. Quello che considerava il vero Papa. E si sentì incoraggiato a proseguire.

«Non siamo il prodotto casuale e senza senso di un'evoluzione; ognuno è frutto del pensiero di Dio, ognuno di noi è voluto, è amato, è necessario».

Aldrovandi sapeva scrivere, di questo Tarchiani era consapevole. Ma neppure lui si aspettava che il collega avrebbe trovato parole così alte per congedarsi.

«Capolavoro del creato è l'uomo, ma anche i nostri fratelli animali sono riflesso dell'intelligenza divina. Io ho amato molto i miei gatti; ma il mio animale preferito è l'orso».

Il Papa regnante – ma un po' assente –, che stava biascicando preghiere tra sé e sé, ebbe un sussulto di curiosità. Cosa c'entravano gli orsi?

Tarchiani continuò a leggere: «San Corbiniano, fondatore della diocesi di Frisinga, sulla strada per Roma vide un orso uscire dalla foresta e sbranare il cavallo che gli portava il bagaglio. Molto arrabbiato, Corbiniano ordinò all'orso di trascinare il fardello sino all'Urbe. L'orso, pentito, obbedì; e il santo gli restituì la libertà».

Il bello è che il cardinale Aldrovandi non si paragonava al santo, ma all'orso: «Anch'io ho portato il mio bagaglio a Roma e oramai da diversi anni cammino con il mio carico per le strade della Città Eterna».

Il carico del peccato. Un peccato poco originale. Un peccato immortale. Da cui però – il bello del cattolicesimo – era sempre possibile il riscatto.

«Non so per quanto tempo ancora dovrò portare questo terribile peso. So che, quando i fratelli cardinali leggeranno questa lettera ai miei amati fedeli, sarò ormai libero. So che pure per me vale quel che dice il Salmo 72, nella traduzione di Agostino: "Sono divenuto la tua bestia da soma, il tuo animale da tiro, e proprio così io sono vicino a Te"».

La chiusa della lettera del defunto fu accolta da un lungo silenzio. Poi dalle ultime file si levò un applauso, cui si unì l'intera piazza. Un applauso che sembrava non dovesse finire mai, e infatti non sfumò, si interruppe di colpo, quando il cardinale Tarchiani disse, quasi urlò nel microfono: «Per Cristo nostro Signore. Amen».

A quel punto un fedele corpulento lanciò un grido già ascoltato qualche anno prima: «Santo! Aldrovandi santo subito!»

Tarchiani si chinò verso il chierichetto, che lo guardò senza capire, mentre il porporato mormorava in romanesco: «Mo' non esageriamo».

43

Hotel Locarno

Si volta: «Sai, dovrebbe passare anche Carlo».

«Carlo chi?» chiede Flaminia Baffo Berardi, vicepresidente in quota rosa di Aledis, società di comunicazione coinvolta negli appalti truccati del ministero Risorse per il Sud.

«Ma come Carlo chi? Carlo Calenda!» risponde Veronica Grassi, allargando un sorriso dei suoi, sempre ad alto rischio strappo – perché se ti tiri fino ad avere il viso di una ventenne, un cedimento strutturale devi metterlo in conto.

Comunque, Calenda non verrà. Non verrà perché non è mai stato invitato, perché non sa nulla di questo aperitivo organizzato dalla Grassi qui, nel cortile in stile liberty dell'hotel Locarno, tavolini in ferro sotto ombrelloni bianchi, bouganville rosa e palme a cento metri da piazza del Popolo.

Il trucco è: frullare il vero con il falso, il verosimile con il simile. Millantare con astuzia. Veronica Grassi, nel genere, sa di essere una fuoriclasse: giornalista di scrittura modesta, ma con una diabolica capacità di stare nell'intrigo, e di intrigare. Calenda non verrà, ma qualche cialtrone sosterrà poi di averlo comunque visto. Così si dirà che la Grassi è amica di Calenda, e quindi pure di Paolo Gentiloni. E al prossimo aperitivo c'è chi verrà sperando di incontrare entrambi.

Intanto sono venuti Fausto e Lella Bertinotti, i comunisti presenzialisti, e Valeria Marini, in nude look da pomeriggio hard. La Marini ha ignorato Pamela Prati, brillantemente sopravvissuta allo scandalo del fidanzato fantasma Mark Caltagirone e a gambe accavallate in un tavolo d'angolo, dove siedono Mauro Malesani, celebre per essere riuscito a diventare sottosegretario alla Pubblica Istruzione pur avendo solo la licenza media, e Oscar Bellavista, produttore cinematografico con una nota passione per le minorenni. Il conduttore estivo Rai Beppe Convertini beve un drink con Cristiano Malgioglio.

I fotografi si avvicinano con aria delusa a Veronica Grassi: «A Verò, tutto qui? Me pare 'n aperitivo un po' moscetto...»

«Ma scherzate? Siamo appena all'inizio. Tra poco dovrebbero arrivare anche Chicco Testa e Carlo Freccero, Michel Martone con Clementina di Montezemolo, l'ambasciatore del Belize Pupi D'Angieri... poi sicuramente verrà un po' di Pd... ma intanto, guardate, sta entrando la nostra adorata contessa venezuelana...»

È davvero un piccolo evento, perché Marisela Federici ormai esce di rado dalla sua villa sull'Appia Antica, La Furibonda, luogo di feste leggendarie, dove i potenti più potenti incontravano la mondanità più sfrenata, e a un certo punto alla contessa toccava sempre raccontare che «il mio confessore era san Josemaría Escrivá de Balaguer, il fondatore dell'Opus Dei, e a tredici anni, pensate, ho anche provato il cilicio. Quindi, regolatevi».

Altri tempi. Ora c'è questa giornalista rampante – sandalo con tacco troppo alto e richiesta al paparazzo di evitare il solito primo piano del piede, «che quella è l'unica parte mia a essere rimasta bruttarella» –, c'è questa Grassi così assetata di notizie solo per stare dentro le trame del potere: ora c'è lei e Rudi Magliano la osserva incuriosito sorseggiando un Negroni che giudica strepitoso. Il miglior Negroni lo preparano qui, pensa Magliano, mentre per il Martini bisogna continuare ad andare all'hotel d'Inghilterra, dove pure le mandorle sono squisite.

Vabbè, chiacchiere inutili.

Io sono venuto sperando di incontrare una persona.

Perché questo telefonino mica me lo posso tenere per ricordo.

Qualcosa dovrò pur farci.

Ma quella persona, porca zozza, qui non c'è.

Michel Martone è arrivato per davvero.

Lui no.

Un'ora dopo, Magliano ha parcheggiato la sua Porsche 911 bianca davanti a un portone sul Lungotevere.

Lo riconosce da lontano perché sul tetto del palazzo c'è una palma che la notte si illumina.

Guarda l'orologio, si accende una sigaretta.

Il paparazzo che ha incrociato prima al Locarno lavora per il sito Dagospia. Lo sa perché chi fa il mestiere di Magliano deve sapere sempre un mucchio di cazzi.

«Quando arriva il tuo capo?»

E quello, secco: «Primo, non è il mio capo. Secondo, te lo scordi di trovare Dago a un aperitivo così sfigato».

Roberto D'Agostino è andato all'inaugurazione di una mostra su Andy Warhol – La Pop Art, tra mito e realtà – e adesso svolta l'angolo e viene avanti tenendo al guinzaglio i suoi due labrador, uno nero e uno miele.

Magliano scende, gira intorno al cofano della Porsche e sale sul marciapiede.

D'Agostino – i pantaloni di pelle rossa, i tatuaggi, il pizzo luciferino – se lo vede arrivare di lato e rallenta, come per farlo passare.

Invece Magliano gli dice: «Noi non ci conosciamo, ma io so chi sei».

D'Agostino lo osserva in silenzio.

L'inventore di Dagospia, odiato e invidiato, temuto e riverito da una folla di banchieri e politici, direttori di giornali e manager, scrittori e registi, manigoldi e aspiranti manigoldi, tutti in fila per finire almeno in qualche suo Cafonal ma sognando un invito a una delle sue cene riservate, è cresciuto in via dei Volsci, a San Lorenzo.

Conosce le regole della strada.

Se uno ti fissa negli occhi, mai abbassare lo sguardo.

Se fa la voce dura, aspetta di capire cosa vuole la voce dura.

Perciò Magliano è costretto a parlare di nuovo. «Forse dovrei presentarmi, ma sarebbe una perdita di tempo...»

«Me lo stai già facendo perdere».

«Giusto. Andiamo al sodo. Devo proporti un affare».

«Le mie governanti non usano il Folletto».

«Ma io ho una cosa molto più fica del Folletto: ho un telefonino».

«Quello che possiedo mi basta».

«Ma questo è speciale» dice con tono mellifluo Magliano – il che, per un attimo, lo fa sentire goffo.

«E perché sarebbe speciale?» chiede D'Agostino.

«Perché dentro ci sono alcune foto molto interessanti. Anzi: più che interessanti, rare. Rarissime».

«Genere di foto?»

«Un cardinale. Un ministro. Un negro. Una trans. Insieme. Insomma: robetta delicata».

«E in cambio cosa vorresti?»

«Sul prezzo ci si accorda».

«Non m'interessa».

«Ma guarda che con quelle foto puoi farci cascare il governo e, se vuoi, pure tutta la Santa Sede».

«Te lo ripeto: la tua roba non m'interessa».

«Ma come? M'hanno detto che tu sei il più cattivo di tutti e...»

«E infatti t'hanno detto bene: io so' cattivo, mica stronzo».

44

Montecitorio

Andrea Ferro si sentì afferrare alle spalle e scaraventare contro il muro.

Non reagì. Era paralizzato dalla sorpresa.

Aggredito in un corridoio della Camera. Nella galleria con i ritratti dei presidenti, che oltretutto portavano malissimo: gli ultimi, dalla Pivetti a Violante, da Bertinotti a Fini, dalla Boldrini a Fico, non avevano avuto fortuna.

Ferro era solo con il suo aggressore.

Lo schiaffo risuonò nel corridoio tirato a lucido.

A quel punto Ferro si riprese.

Fece in tempo a schivare il secondo ceffone.

Afferrò le braccia dell'energumeno.

Cercò di calmarlo, senza fargli male.

Ma Dario Gianese si divincolò, colpendolo alla rinfusa. Come un bambino poco abituato alla rissa, che piange e picchia, picchia e piange.

«Pezzo di merda! Bastardo! Sei un grandissimo bastardo!» – ora il ministro stava anche urlando.

«Dario, ma che fai? Dario, sono io!»

«Lo so chi sei tu, sei un brutto figlio di puttana!»

«Dario sei impazzito? Ti stai rovinando con le tue mani... Dario calmati, cazzo!»

Gianese assestò un ultimo colpo con la mano aperta, allo stomaco, e si fermò, sfinito.

Non sapeva picchiare.

«Dovrei farti ammazzare».

«Dario, cosa dici?»

«Tu stavi per fare ammazzare della gente, pur di rovinarmi».

«Dario ti assicuro che...»

«Stai zitto, Andrea. Zitto! Mi fai schifo! Dovevamo cambiare l'Italia, il mondo... e guarda come ti sei ridotto!»

Ferro rimase in silenzio. Chinò il capo. Disse solo: «Come ci siamo ridotti».

«No, Andrea, come ti sei ridotto tu. Io ci avevo creduto davvero. E sono in corsa. Se volevi fermarmi, non ci sei riuscito. Guarda» e prese a sbottonarsi la camicia azzurra, «guarda la cosa che cercavi tanto, per cui eri disposto a uccidere. Vuoi fotografarlo? Guarda il mio tatuaggio. Fotografalo, dai, cosa aspetti? Tanto, se c'è un serpente, quello sei tu».

Soltanto allora Ferro si riscosse.

«No, Dario, io non ho avuto bisogno di rovinarti. Ci sei riuscito benissimo da solo. Non avrei potuto fare meglio. Ti scopavi un vecchio cardinale che ti fotografava. Magari ora ti sei messo con quel vecchio senatore che ti si vorrebbe scopare, e forse l'ha già fatto. Hai svenduto i nostri ideali, ti sei comportato come un ragazzino capriccioso. Roma ti ha risucchiato, fatto a pezzi, spolpato, e tra poco ti risputerà. Non sei il predestinato».

«No, forse no. Ma di sicuro sono migliore di te. Uscirò da questa storia più forte di prima. E sai perché? Perché non ho più paura di nessuno. Non ho più paura nemmeno di te».

«Non sarei così tranquillo, Dario. La paura non è il più nobile dei sentimenti, ma è il più utile. Fattelo spiegare dai tuoi amici cardinali. Con il timor di Dio ci campano da decine di secoli».

«No, Andrea. Fattelo spiegare tu, dai tuoi amici dei servizi, cos'è la paura. Il ricatto. La resa dei conti. Perché ormai ci siamo. Questa storia sta per finire, e qualcuno dovrà pagarne il prezzo».

45

Cimitero del Verano

«Lo sai, Grì? Sono sempre stato curioso di sapere chi sarebbe morto prima tra noi due».

«A Maglià, ma perché parli come in un western di Sergio Leone?»

Rudi Magliano in effetti aveva spesso quel ghigno un po' allusivo, che sembrava una minaccia di morte, ma poteva pure essere la smorfia di uno che ha dimenticato gli occhiali scuri in una giornata di sole.

Oggi però gli occhiali scuri non li ha dimenticati.

«Lo sai che te direbbe un personaggio de Sergio Leone, Grì? Te direbbe na cosa tipo: attento, che domani lì dentro potrebbe esserci una pietra con il tuo nome».

In effetti il gabbiotto della fioraia all'ingresso del cimitero è un posto promettente per una resa dei conti.

Anche i fascisti spesso fucilavano i partigiani contro il muro dei cimiteri. Così, per comodità.

E poi oggi non è il primo novembre. Vivi, qui, non ce ne sono. Tranne tre.

Anzi, due, perché il terzo sarebbe la fioraia.

Poi c'è Magliano, appoggiato al muro.

E Gricia, che lo guarda e gli dice, con la voce più canzonatoria che trova: «Cosa fai, dopo che mi ammazzi? Pensi di pisciare pure addosso a me?»

Magliano si fruga la tasca del giubbotto. Certe primavere non arrivano mai, e a fine maggio Roma può essere ancora fredda.

Ecco, ci siamo, pensa Gricia, rassicurato dalla pressione della Sig Sauer infilata nei pantaloni.

Siamo alla scena finale. Che non sia enfatica, pensa ancora Gricia. Che sia secca, asciutta e insieme potente. Come un incipit di Beppe Fenoglio.

Li sa a memoria.

«Pioveva su tutte le Langhe. Lassù, a San Benedetto, mio padre si pigliava la sua prima acqua sottoterra».

«Alba la presero in duemila il dieci di ottobre e la persero in duecento il due di novembre dell'anno millenovecentoquarantaquattro».

Ma l'attacco preferito di Gricia è un altro.

È l'attacco di «Un giorno di fuoco».

«Alla fine di giugno Pietro Gallesio diede la parola alla doppietta. Ammazzò suo fratello in cucina, freddò sull'aia il nipote accorso allo sparo...»

Ma non è una doppietta, quella che il killer dei servizi, il reclutatore, lo stronzo che gli ha rovinato la vita, il responsabile del suo duraturo ingrassamento, sta tirando fuori dalla giacca.

Non è neanche una pistola, quella che Rudi Magliano gli sta puntando contro.

È un telefonino.

Gricia dissimula il sollievo.

Pensa a una battuta per nascondere l'imbarazzo.

Una battuta che ovviamente non può essere: grazie.

Gli viene solo questa: «Come scena finale del giallo, potevi pensare di meglio».

«Grì, i gialli non esistono».

«Come non esistono?»

«Sono tutti colpevoli. Tutti: la Franzoni, Stasi, Bossetti, Rosa e Olindo. La polizia capisce subito chi è stato. Non sempre è abbastanza brava per incastrarlo. A volte sono più bravi gli avvocati. Ma i gialli, ormai dovresti averlo capito Grì» ripete Magliano con la voce di chi adesso ha fretta, «i gialli non esistono».

A quel punto Gricia lo dice.

Per farla finita, pure lui.

Prima di andarsene, con in tasca il telefonino che insegue da giorni, con le foto per cui ha rischiato di essere ucciso, quando ormai è chiaro che Magliano sta scomparendo per sempre dalla sua vita e non lo vedrà mai più, si gira e si cava fuori un sussurro: «Grazie».

E ottiene la risposta che si è cercato.

«Grazie ar cazzo».

Ma siccome non può finire così, il killer dice ancora: «Adesso non ti devo più niente».

Adesso, al momento del congedo, Magliano si sente di nuovo in un western di Sergio Leone. E non può non aggiungere, prima di uscire di scena: «La partita tra noi due è chiusa».

46

Trastevere

Lui sta pensando a un'altra.

Emmanuelle l'ha capito quando gli ha scorto negli occhi una luce che non conosce. Mai vista prima.

Fino a questo pomeriggio, Gricia ha sempre fatto l'amore con lei come se stesse mangiando un piatto di pasta: in modo famelico, ingordo, vorace.

Come un orco.

Gli piaceva poggiarle la mano sulla testa, in segno di sottomissione.

E anche qualche sculacciata, va be', ovvio.

Ora invece la sta guardando negli occhi.

E la sta amando teneramente. Sussurrandole parole dolci, con le labbra appoggiate alle sue.

A Emmanuelle stava piacendo moltissimo.

Perché noi donne, pensa Emmanuelle, più amiamo, più ci sentiamo libere. Siete voi, orchi, che separate il sesso e i sentimenti. E siete convinti che vogliamo sempre essere attaccate al muro. Qualche volta, è possibile. Ma vogliamo anche essere guardate negli occhi.

Con quella luce.

Questo però non è Gricia.
E questa luce non è per me.

Riposare tra le sue braccia, questo a Gricia è sempre piaciuto.

Così Emmanuelle gli accarezza la schiena, i capelli rossicci, la nuca.

E poi la butta lì.

«Ma sta sora? Sta fica che te sei trovato? Nun m'hai detto più gnente...»

«E che tte devo di', Emmanuè... È na sora...»

«Sì, ma m'è sembrato de capi' che... che non ti fosse indifferente, ecco».

Non ti fosse indifferente... Quando Emmanuelle comincia a parlare difficile, si mette male.

«Nun è che prima... dimme la verità, Grì... nun è che prima hai pensato de fa' l'amore co' lei?»

La risata, a Gricia, viene male, forzata, di gola.

«Ma che stai a di', Emmanuè... Mica vorrai di' che stavo a pensa' a la sora?»

Ci sono bugie dette talmente male che affermano il contrario, e alla fine diventano quasi sincere.

E siccome Emmanuelle può anche accettare di essere umiliata, ma non così, non nuda nel letto dopo aver fatto l'amore, allora questo è per lei il momento di andare al contrattacco. E di levarsi un peso.

«Senti un po', Grì, e se fossi innamorata pure io?»

«Innamorata? Tu? Ma dai!» – stavolta la risata di pancia a Gricia viene benissimo.

«Nun ce lo so. Ma forse stavorta so' innamorata davero».

«Se non lo sai, vuol dire che non sei innamorata».

«Po esse. Forse nun so' innamorata. Però frequento na persona».

«Non capisco. Frequenti molte persone. Questo lo so».

«Hai capito benissimo. Una persona non di lavoro».

«Non di lavoro… e chi sarà mai?»

«Un uomo normale. Benestante. Libero».

«See… e magari pure magro».

Emmanuelle, che stava per piangere, scoppia in una risata liberatoria.

Lo accarezza.

Gli parla in sussurri.

È realista, e quindi disperata.

«Grì, cerca de capi'. Questo forse me se pija…»

«E tu vuoi essere presa? Proprio tu vuoi un uomo che ti controlla, a cui rendere conto, che ti toglie la cosa più preziosa che hai sempre avuto, la tua libertà… Davvero lo vuoi, Simonetta?»

È la prima volta che Gricia chiama Emmanuelle con il suo vero nome.

«Grì, posso ditte la verità?»

«Sarebbe ora».

«Nun m'aspettavo che ce restassi così male. So' contenta. Vor di' che conto quarcosa pe' tte».

Gricia resta in silenzio. A lungo. Non è abituato a parlare d'amore.

Ci sono momenti in cui il silenzio pesa. Lo rompe lei. E dice una frase che non è sua. Dice: «Non mi mancheranno le cose che abbiamo fatto, ma quelle che avremmo potuto fare».

«Simonè, ma che stai a di'? Mi sembri la Isoardi quando lascia Salvini. Anzi, questo è proprio il tweet della Isoardi che lascia Salvini...»

Emmanuelle ride, come una bambina sorpresa dalla mamma mentre si prova i suoi vestiti. «Vabbè, ma è na frase romantica, no?»

Gricia invece è serio. Perché in fondo è vero. Prima, forse, ha pensato a Remedios. Ma non era con Remedios che stava facendo l'amore. Era con lei.

Così si decide a parlare.

Prende fiato, come per un monologo.

E che monologo sia. Con un dito delicatamente accostato alle labbra di Emmanuelle. A dirle di tacere, e di ascoltare bene, perché le cose dette una volta – per la prima e ultima volta – pesano molto più di quelle ripetute ogni giorno.

«Emmanuelle, tu mi conosci bene, da tanti anni. Io non ho una grande forza di volontà. Lo sai. Non riesco neanche a dimagrire. Non sono un ambizioso. Non mi aspetto molto dal destino. Ma se qualcuno mi porta via qualcosa che mi appartiene, insomma se qualcuno mi rompe i coglioni, la sua infelicità diventa la mia missione nella vita...»

«Aspetta Grì, questa l'ho già sentita...»

«Se qualcuno mi rompe i coglioni...»

«No aspetta, te devo di' dove l'ho già sentita...» grida lei scostandogli il dito. «Ce so': "Thelma and Louise"! Lo dice Harvey Keitel a Brad Pitt: la tua infelicità sarà la mia missione nella vita!»

«Va bene Simonetta, ora te lo dico con parole mie: quest'uomo normale, benestante, libero, forse magro, si dovrà guardare le spalle. Ma non oggi, domani, dopodomani; sempre. Per tutta la vita. Ogni volta che ti suona il telefono, dovrà pensare che sono io. Ogni volta che esci da sola, anche soltanto per andare a fare la spesa, dovrà credere che stai venendo da me. Ogni volta che prenderà piacere dal tuo corpo, dovrà temere che tu stia pensando a me. Magari morirà con le sue mani tra le tue, perché di sicuro è più vecchio di te; ma prima di spirare, diciamo pure di crepare, anzi di tirare le zampe come diceva nonna, dovrà guardare con occhio preoccupato la porta della stanza. Dovrà morire pensando che dietro la porta socchiusa ci sono io, che sto entrando, che vengo a reclamarti, che vengo a prenderti. E l'ultima cosa che vedrà – o temerà di vedere – nella sua vita normale, benestante, libera, forse magra, sarò io, che entro, e ti porto via».

47

Montecitorio

I quotidiani annunciavano per quel giorno una svolta nella politica italiana.

Matteo Renzi si è infatti deciso a votare insieme con Matteo Salvini la mozione di sfiducia al governo Pd-Popolo dell'Onestà.

Renzi aveva lasciato il partito democratico per fondare il suo movimento: "Avanti". Aveva però sempre evitato di sommare i suoi voti a quelli della Lega. Si era limitato ad appoggiare i provvedimenti «utili al Paese», o a rifugiarsi nell'astensione, oppure a uscire dall'aula.

Stavolta però ha detto basta: «Il governo populista sta facendo troppo male all'Italia. Prima se ne va a casa, meglio è».

I retroscenisti scrivevano che la sfiducia in Parlamento si sarebbe rivelata il battesimo di una nuova alleanza. Del resto, un partito di centro come "Avanti" ha senso se può stare di qua e di là, con la sinistra ma anche con la destra. «È l'unico modo per far fruttare la nostra utilità marginale» diceva Renzi ai suoi nelle conversazioni private. Almeno così sostenevano, non smentiti, i retroscena. Del resto i retroscena servono a dire e a non dire, o a dire senza dire; nessun politico lungimirante li smentirà mai.

Mancava un solo tassello al varo del nuovo centrodestra: la conquista della maggioranza alla Camera. La Lega si era procacciata il voto di tre deputati del Popolo dell'Onestà eletti al Nord e quasi certi di non tornare a Montecitorio. I renziani potevano contare sull'astensione di un paio di democratici scontenti del segretario. Al governo restavano solo quattro voti di maggioranza, forse meno.

Tutto si sarebbe giocato sul filo.

I leader si erano divisi i compiti.

Vista la delicatezza della situazione, si stanno impegnando personalmente.

Non a caso l'onorevole Manieri del Pd sta prendendo un caffè alla buvette con l'unico parlamentare del movimento Noi Sud, l'ex dipietrista Antonio Gargiulo, che dà segni di nervosismo ma in cambio di un posto nel consiglio d'amministrazione dell'Asl di un capoluogo meridionale a sua scelta finirà per votare la fiducia.

Purtroppo non si può dire la stessa cosa dei tre esponenti del Fronte di Responsabilità nazionale, indecisi a tutto. Di loro si sta occupando Andrea Ferro, con le sue solite delicate perifrasi: «Lo volete capire o no che voi tre qui dentro non rimetterete mai più piede? Tanto vale godervela finché potete!» Si sono appartati in una saletta riservata, ma le grida di Ferro si sentono fino in Transatlantico.

Sono i giorni in cui il grande corridoio abitualmente deserto si riempie di cronisti, faccendieri, deputati in pensione, massoni, scolaresche in visita, lobbisti, parenti dei commessi.

Ogni volta sembra sia arrivato il momento decisivo, in cui la storia finalmente gira; e ogni volta non succede mai niente.

Anche stamattina l'impressione è che nel cielo della nostra patria stia battendo un'ora segnata dal destino. Ma non è il mezzogiorno di fuoco, è che sono le due del pomeriggio, e insomma è già il tempo dell'amatriciana.

La rappresentante della Südtiroler Volkspartei, l'onorevole Ulrike Keller dalla Val Pusteria (Pustertal), è stata avvicinata in bagno da Stefania Patti, quella della Vigilanza Rai, che le ha promesso una nuova trasmissione per le minoranze linguistiche affidata a Gertrude Zimmerman, grande professionista nonché fidanzata della Keller.

La sua collega dell'Union Valdôtaine, Clementina Vuillermoz, è venuta con la sua neonata, Sandrine, che allatterà tra la prima e la seconda chiama.

Marcantonio Calearo di Veneto Libero è stato lavorato in ascensore dal presidente del Consiglio in persona: l'emendamento per il sostegno alla piscicoltura nel Rovigotto sarà approvato in commissione Attività produttive quello stesso pomeriggio.

Qualcuno lo racconta al ministro dell'Interno Francesco Ambrati. «È la prima volta che quell'imbecille si rende utile» commenta lui. E non si riferisce all'onorevole Calearo.

«Un leguleio meridionale. Un Azzeccagarbugli terrone. Un retore della Magna Grecia». Il disprezzo di Ambrati per il presidente del Consiglio è se possibile cresciuto.

Il ministro ha riunito i suoi uomini più fidati in una saletta al quarto piano. Libreria perfettamente vuota. Tela ottocentesca con mucche pezzate al pascolo. Posacenere bronzeo con cui si potrebbe uccidere una delle suddette mucche. Caffè nei bicchierini di plastica. Fumo libero.

Ambrati ha le sue Chesterfield senza filtro.

Tigellino il solito sigaro.

C'è la fida segretaria Ornella.

C'è il solito spicciafaccende. Più ombroso del solito, però.

E ci sono dieci deputati amici. Non di più. Ambrati non ha mai voluto una corrente. O tutto o nulla; mai una parte.

Gli amici hanno una proposta: alcuni di loro faranno mancare la fiducia al governo. Purtroppo il voto è a chiamata, non ci si può nascondere dietro il voto segreto, non esistono franchi tiratori. Ma uno potrebbe avere un lutto. Un altro un intervento d'urgenza. Poi c'è l'onorevole Pindaro che è molto amico di Gargiulo, quello di Noi Sud, e potrebbe convincerlo...

Francesco Ambrati leva il braccio destro con il dito indice alzato, come ha visto fare al Duce su YouTube, quando chiedeva silenzio alla folla.

«Vi ringrazio tutti. Ma il ministro dell'Interno non fa cadere l'esecutivo di cui fa parte. Non così, con un'imboscata parlamentare. Sono cose che non portano mai fortuna e impongono sempre un prezzo da pagare. Qualcuno si ricorda di Fini? Di quando tentò di far cadere Berlusconi? Perse per tre voti. Poi Berlusconi cadde lo stesso, ma non certo per Fini; per la Merkel, Obama, Bruxelles, la tempesta finanziaria, la speculazione internazionale, lo spread. E di Fini che ne è stato? Vi ricordate?»

Si ricordavano.

«Oggi noi voteremo e faremo votare la fiducia. Compatti. Penseremo poi a porre le premesse perché si apra una nuova stagione politica, più seria e proficua per il Paese. Siamo tutti d'accordo?»

Erano tutti d'accordo.

È d'accordo anche Tigellino.

Se fosse passata la linea della sfiducia, tutto il suo lavoro per il colpo di scena e il cambio di governo sarebbe diventato inutile.

Proprio ora che ci siamo quasi.

«Ci siamo quasi» sussurra infatti all'orecchio del ministro. «Credo di aver trovato l'uomo giusto».

Il ministro fa un gesto infastidito, come a dire: sono affari tuoi, al massimo ne parliamo dopo.

Non sembra avere obiezioni neppure lo spicciafaccende, che sta pulendo il tavolo.

Camminando a fatica, la gamba rigida, la fasciatura alla coscia che gonfia i pantaloni neri, la ferita che ancora brucia. Un centimetro più in là, e quel colpo di pistola gli avrebbe tranciato l'arteria femorale. E lui non sarebbe qui, a portare via i bicchierini di caffè.

Un applauso di sollievo si leva al trecentosedicesimo Sì. È quello della liberaldemocratica Daniela Pingitore, incerta sino all'ultimo.

La sfiducia non è passata.

Il governo può andare avanti.

Il voto anticipato non ci sarà.

I deputati hanno salvato lo stipendio. E sono tutti grati a Sabrina Viscardi, che è malata ma è qui con la bombola d'ossigeno per non far mancare il suo voto. Emiliano Cavuoto è stato invece persuaso dalla promessa che la sua proposta di legge sull'agopuntura sarà calendarizzata la settimana prossima.

A questo punto rompe gli indugi pure Gioacchino Nìcari del partito dei Pensionati, che sta sempre con chi vince, in cambio di un ritocco alle pensioni minime o almeno di una ricevitoria per il cognato.

I ministri sciamano per primi, molti hanno appuntamenti serali in tv.

«Vergogna!» grida una deputata democratica a Renzi.

«Onestà! Onestà!» parte il coro dell'omonimo popolo.

Quelli del Pd ora intonano l'Inno di Mameli.

Alessandra Moretti ha portato il tricolore.

L'onorevole Sciaccaluga si accascia per l'emozione: è svenuto; lo portano via a braccia, in Transatlantico è pronta la barella di juta.

I bookmaker che quotavano a 1,70 la caduta del governo pagheranno 2 a chi ha scommesso sul premier.

Le autoblù sgommano.

La Borsa si impenna.

In aula si brinda a prosecco. Caldo. Imbevibile.

La Commissione Europea si congratula per la stabilità ma chiede nuovi tagli alla spesa pubblica.

I licenziati della Latina imballaggi e i militanti di Casa Goering devastano i negozi del centro, sotto gli occhi indifferenti del reparto mobile della polizia schierato a difesa del Palazzo.

Salvini però esce sorridendo. Se l'obiettivo era rientrare nel giro, dopo la storia del barcone affondato, può dire di avercela fatta.

Al ristorante lo aspetta il grande tessitore dell'operazione: Denis Verdini. Il suocero.

Il ristorante è di suo figlio.

È proprio allora, quando tutto sembra tranquillo, che sui telefonini degli Onesti arriva un WhatsApp con una foto.

Si sentono commenti allegri, risate autentiche.
Sono tutti di buon umore.
«Ma questo non è il tatuaggio di Dario?» chiede ad alta voce Carmela Bonsignore, la sottosegretaria alla Sanità.
«Certo che è il tatuaggio di Dario!» ridono altri.
Dario Gianese si sente mancare.
«Fa' vedere» dice bruscamente alla Bonsignore.
Ma non è quella foto.
È un'innocente foto della testa di serpente sulla sua mano.
Presa chissà da chi e chissà come.
«Ti avranno fatto uno scherzo» – la sottosegretaria gli dà uno schiaffetto sul viso.
Certo, sarà stato uno scherzo.
O un avvertimento.
Comunque sia, questa storia deve finire.
In un modo o nell'altro, ma deve finire.
E Giulio? Che fa Giulio? Aveva promesso che ormai era quasi fatta.
Piuttosto, pensa Gianese, la foto la faccio uscire io.
Almeno riprenderei il controllo della situazione.
Se l'avessi, sta cazzo di foto.
Appena fuori di qui chiamo Giulio.
La partita si decide adesso.
Adesso o mai più.

48

Vaticano

I passi pesanti di Gricia arrivarono come una liberazione.

Il cardinale resisteva a fatica, da quando aveva ricevuto la telefonata. La splendida notizia.

E ora eccolo.

Tanti giorni di pena, tanto cercare.

Tante speranze mal riposte, tante attese vane.

Ed eccolo qui.

Il colpo di fortuna.

Lo Spirito Santo si fa vivo sotto forma di un ciccione che gli entra nello studio con il fiato grosso, in abito blu, la camicia bianca zuppa di sudore.

Uno studio che non è il suo solito.

È un angolo dove riceve le visite riservate.

E questa lo è.

La ruota della sorte ha dato un giro. Sta per cambiare la vita del cardinale. E un po' anche la storia della Chiesa.

Da stasera l'Anticristo è più debole, il demonio ha un'arma in meno, le forze del male si presenteranno più sparute nella Valle di Giosafat, per l'Armageddon finale.

Non c'è stato bisogno di molte parole.

Del resto, Gricia e il cardinale non avevano molto da dirsi.

Non era uno scherzo.

Gricia gli stava davvero consegnando un iPhone 8 ultrapiatto.

Il porporato controllò il telefonino e aprì la galleria, con la velocità che gli consentivano la vecchiaia e la scarsa dimestichezza con la rivoluzione digitale.

L'uomo nella foto era Aldrovandi, senza dubbio.

E il ministro era il ministro.

Ma questo a lui interessava meno.

Il Papa maneggiava poco la politica italiana.

Ma conosceva benissimo Aldrovandi.

Il cardinale pensò che, dopo tutte quelle ricerche, il suo potere contrattuale era molto basso.

La sua voce uscì quasi riconoscente: «Allora, quanto le devo?»

«Cosa mi deve, Eminenza?» disse Gricia.

Il cardinale non capì.

«Mi dica quello che vuole».

«Non voglio denaro. Non da lei. Preferisco una stretta di mano. E la sua riconoscenza».

Il cardinale apprezzò.

«Ti sei comportato da buon cristiano, figliolo. Dio te ne renderà merito. E, nell'attesa, lo farò anch'io».

Gricia si soffermò su una tela alle sue spalle. Gli pareva d'averla già vista, in un museo. Nei Musei Vaticani.

Era la Deposizione di Caravaggio.

Il cardinale sorrise. «Conosco la tua passione per l'arte. Ti aiuterò a soddisfarla, con opere di indescrivibile bellezza, se me lo consentirai. Non quella, però. Quella è promessa a un amico».

Anche Gricia sorrise. Fece per andarsene. Poi tornò indietro.

«Mi perdoni, ma non voglio perdere l'occasione di stringere la mano al diavolo».

Il cardinale Achille Tarchiani accolse le parole di Gricia – e la sua destra grassoccia – come un omaggio.

49

Enoteca Giulio Passami l'Olio

«Tarchiani???!!!»

Remedios strillava come un uccello impazzito.

«Hai dato il nostro cellulare, il mio cellulare, a Tarchiani???!!!»

Il setter inglese cominciò a guaire, spaventato.

Gricia provò a buttarla sul ridere: «Non ho dato il tuo numero di cellulare a nessuno...»

«Non scherzare. Quel telefonino era mio!»

«Era di Aldrovandi» – Gricia tentava di interrompere il fiume in piena.

«Aldrovandi è morto. Il telefonino era mio. Me l'hanno rubato, mentre lo stavo portando da Celestino Giusti. Il tuo compito era ritrovarlo. E riportarlo al cardinale. Non dovevi fare altro».

«Così ho fatto».

«Ma l'hai portato al cardinale sbagliato!»

Remedios prese fiato.

«Il cardinale che ha cercato di ammazzarti!»

«Non è stato lui» obiettò Gricia, facendole cenno di abbassare la voce, prima che li sentissero dall'unico altro tavolo occupato.

«Certo che non è stato lui. Un cardinale non va

in giro a sparare alla gente. Ma era suo l'ordine di ucciderti!»

«Non credo fosse suo. In ogni caso, non mi hanno ucciso, come vedi».

Gricia afferrò le mani della suora.

Il cane si calmò.

«Remedios, conosco Celestino Giusti da prima che tu nascessi. Ti assicuro che...»

«Che?»

«Che non è un uomo di Dio».

«Cosa ti ha fatto? Non mi dirai che...»

«No, non dico questo». Gricia capì di aver esagerato. «Un giorno ne parleremo. Non ora, non qui. Non in un'enoteca».

«Gricia, parla chiaro. Cosa intendi dire?»

«Dico che il cardinale Giusti non è un santo, ecco. È un uomo. Un uomo assetato di potere».

«Anche Tarchiani vuole il potere».

«Certo. Come tutti. La differenza è che Tarchiani non lo dissimula. E quindi è meno pericoloso».

«Tarchiani è un adoratore del demonio!»

«No, Remedios. Tarchiani è uno che conosce le tentazioni del demonio. E lavora per porvi rimedio. Ho motivo di credere che padre Celestino, come lo chiami tu, avrebbe fatto del telefonino un uso peggiore».

«Spiegati».

«Temo che avrebbe usato il telefonino contro il Papa. Per dimostrare che aveva commesso un grave errore a fidarsi di Aldrovandi. E indurlo a dimettersi. Nella speranza di prendere il suo posto».

Remedios trasalì. L'ira si fece amarezza, lo sguardo divenne cieco. Che il suo padre spirituale volesse diventare Papa, in fondo, l'aveva sempre saputo. Ma fino a quel momento le era sempre parsa una meravigliosa speranza.

«Tarchiani non vuole fare il Papa» riprese Gricia. «Sa di non avere il fisico adatto».

«Cosa intendi?»

«Il Papa oggi deve essere simpatico. Deve saper comunicare. Deve piacere alla gente. Tarchiani sa di non essere il predestinato. Si accontenta di influire sul Papa. Di aiutarlo a prendere le decisioni giuste».

«E allora dimmi: del telefonino cosa farà?»

«Lo distruggerà. Dopo averne informato il Santo Padre. E averne ottenuto qualcosa in cambio».

«Un mercimonio».

«Un compromesso. Quel telefonino è maledetto. Ha già combinato troppi guai. Per quelle foto si è ucciso. Io stesso, come hai detto, ho rischiato la vita. Meglio farlo sparire, e mettere tutto a tacere. Il cardinale Giusti non l'avrebbe fatto. Tarchiani sì».

Remedios chinò il capo.

Si sentiva come alla fine di un'avventura.

Un'avventura che era stata anche bella.

Poi avvertì una mano sulla guancia.

«Il telefonino però ci ha anche fatto incontrare» sorrise Gricia.

Lei si voltò verso il setter inglese.

«Di chi è? È tuo?»

Gricia non disse né sì né no.

Remedios sorrise triste: «Ti sei deciso finalmente a prendere il cane?»

Gricia non ebbe il coraggio di dirle la verità.

50

Convento delle Cistercensi bernardine d'Esquermes

Come tutte le anime sensibili, padre Celestino Giusti si dilettava, nelle notti insonni, a immaginare come avrebbero reagito le persone care e la pubblica opinione alla notizia della sua morte.

I principali quotidiani l'avrebbero messa in prima pagina. Con un po' di fortuna, se quel giorno non fosse accaduta qualche catastrofe, poteva anche essere l'apertura.

Micromega gli avrebbe dedicato un numero monografico, listato a lutto.

L'Osservatore Romano avrebbe pubblicato un articolo commosso, di quelli con cui si celebra un santo – un vecchio amico giornalista, violando le regole interne e il sistema informatico, gli aveva fatto leggere in anteprima il suo coccodrillo, e il cardinale si era preso il lusso di fare qualche correzione di proprio pugno. Poi l'aveva rispedito all'amico con un'annotazione scherzosa: «Ricordatevi di aggiornarlo in caso di elezione al Soglio...»

Questo sognava padre Celestino: una morte gloriosa.

Una notizia nei titoli del Tg1.
Piazza San Pietro piena di fedeli piangenti.
E lei.
Remedios.
Al capezzale.
Distrutta dentro da un dolore inesprimibile, ma composta fuori, fiera, sudamericana.
Orgogliosa di vegliare le spoglie del suo padre spirituale, come una figlia. Di più, come un'amazzone.
E invece proprio lei, Remedios, figlia degenere, amazzone ribelle, l'aveva tradito.
Era diventata strumento docile nelle mani del demonio.
Tarchiani.
Il suo peggior nemico.
La donna da lui creata aveva servito, sia pure senza volerlo, il suo peggior nemico.
E si era infatuata di un antiquario grasso.
«Colpa tua!» il grido di padre Celestino lacerò l'aria.
Seguì una bestemmia orribile.
Non ce l'aveva con se stesso, ma con Dio.
Tarchiani, il teologo del diavolo, diciamo pure il demonologo, l'orrendo Tarchiani era stato nominato prefetto della Congregazione per la dottrina della fede, insomma il Sant'Uffizio. Adesso era l'uomo più vicino al Papa. Nel posto dei giganti. La carica che fu di Bellarmino, di Ottaviani, di Ratzinger.
Nessuno dovrebbe sopravvivere a un'umiliazione così grande, pensò padre Celestino.

Tanto meno io.

Dopo aver preparato con cura la mia rovina, non resta che completare l'opera.

E siccome nello studio di un dottore della Chiesa c'è sempre un passaggio per l'aldilà, il cardinale Giusti salì d'impeto la scala che portava all'ultimo piano della libreria, raggiunse la sezione degli storici e dei filosofi latini, scostò Plutarco, Tacito, Lucrezio, prese il *De Providentia* di Seneca, ripulì la copertina in pelle dalla razione di forfora che toccava a ogni suo volume, si fermò brevemente a riflettere «quare aliqua incommoda bonis viris accidant cum providentia sit», insomma per quale cazzo di motivo agli uomini buoni accadano disastri, pur essendoci la Provvidenza, e afferrò la boccetta di arsenico che aveva nascosto nell'incavo scavato tra le pagine.

Un fiume di fuoco si aprì la strada dentro i visceri del cardinale. Fece appena in tempo a scendere la scala e a guadagnare il bagno. Si aggrappò ai libri, trascinandoli a terra con sé. Si rialzò, barcollando, le mani premute sul ventre. Sentiva il fluido vitale abbandonarlo. Preceduto però da altri fluidi, decisamente meno nobili.

Aveva sognato una morte eroica come quella di un personaggio del libro di Seneca: Catone l'Uticense. Un altro uomo buono, come lui, votato come lui a una buona causa, la difesa della libertà di Roma, e come lui sconfitto. Vistosi perduto, piuttosto che arrendersi a Cesare, Catone si squarciò il ventre con la spada. Fu salvato, medicato, ma si strappò le bende, volendo morire a ogni costo.

Così lui, Catone, la sua anima fiera «non emisit sed eiecit»; non la esalò, la strappò via.

Padre Celestino Giusti dovette accontentarsi di cagarla.

51

Vaticano, e altri luoghi

«Le suore fiutano il Papa come i cani i terremoti».

Solo una suora poteva dirlo. E solo una suora cinica come Jacinta.

In effetti, prima ancora che il Papa si affacciasse nel roseto, centinaia di tonache nere si affrettarono per baciargli la mano, o almeno afferrargli un lembo della veste.

Il rosario che chiude il mese mariano, la sera del 31 maggio, si tiene in una grotta nei giardini vaticani, identica a quella di Lourdes.

Il Santo Padre di solito non viene. A volte è in viaggio. A volte ha da fare.

Questa volta è venuto.

E suor Jacinta si è inginocchiata davanti a lui, per accostare le labbra al suo anello.

Al fianco del Pontefice, il nuovo prefetto della Congregazione per la dottrina della fede. Il cane pastore della Chiesa, la sentinella del depositum fidei, il custode dell'ortodossia. Il cardinale Achille Tarchiani.

Una nomina prevista da tempo, avevano scritto

quella mattina i vaticanisti. Il Santo Padre aveva bisogno di un caposaldo, di un riferimento sicuro, per procedere ancora più veloce sulla via delle riforme.

Un po' come aveva fatto Wojtyla, ricorrendo alla solida saggezza di Ratzinger nei momenti più innovativi del suo pontificato: come quando decise di chiedere scusa per le colpe della Chiesa. In quei momenti, Ratzinger gli spiegava: puoi andare fin qui, non oltre.

«Ora potremo mettere rimedio a tutte le sue cazzate» mormorò Tarchiani nell'orecchio di Jacinta, indicando con un piccolo gesto del capo il Papa, e badando a restare sotto il tono del rosario recitato dalle brave monache.

Jacinta sorrise.

Il Papa fece un discorso bellissimo. Lodò la fede bambina di Bernadette. Elogiò il dono dell'ingenuità con cui generazioni di semplici avevano accolto Dio, come i pastori avevano adorato un Bambino di cui non sapevano nulla, ma in cui avvertirono la presenza del mistero. Ricordò la vanità dei progetti umani, citando il Salmo: «Se ne ride chi abita i Cieli, li schernisce dall'alto il Signore».

Solo un'ombra si allungava su quella giornata per altri versi radiosa nella storia millenaria della Chiesa.

L'improvviso malore di padre Celestino Giusti.

«Un uomo probo, del tutto disinteressato alle cose materiali. Un uomo semplice. Un uomo buono. Un uomo».

Il necrologio del suo amico, padre Enzo Bianchi, ripubblicato dall'Osservatore Romano in prima pagina, aveva fatto il giro della cristianità.

Era la prima volta, dopo anni, che l'ex senatore Giulio Nardi veniva di nuovo invitato al ricevimento del primo giugno.

Il giorno successivo, festa della Repubblica, i giardini si sarebbero aperti al popolo.

Ma il primo giugno era riservato agli ospiti personali del presidente.

Ambasciatori, cardinali, ministri, giornalisti amici o anche nemici, che il tramonto dalla terrazza del Quirinale avrebbe reso meno maldisposti.

Una volta, ai bei tempi, c'era anche Giulio Nardi. Di solito evitava gli altri politici e ne approfittava per svagarsi un po' con la gente dello spettacolo. Il rituale era sempre lo stesso: una mozzarellina di bufala con Renzo Arbore e la Laurito; un calice di Franciacorta con Roberto Vecchioni, di cui sapeva le canzoni a memoria; un accenno di inchino a Monica Bellucci; un tiramisù con Franca Valeri, finché è venuta, e con Paola Cortellesi, che considerava la sua degna erede.

Poi l'invito non era arrivato più.

Era lo stile della Terza Repubblica.

Stavolta, invece.

Il capo dello Stato, del resto, doveva qualcosa al ministro Dario Gianese.

E il ministro Dario Gianese doveva qualcosa a lui, al vecchio senatore.

Per questo lo stava aspettando di là. Sarebbero andati al Quirinale insieme. Insomma, non proprio sotto braccio – i paparazzi non meritavano questo regalo. Prima l'uno e poi l'altro.

La filippina venne a ricordare a Nardi che doveva prepararsi.

Ma lui aveva ancora una cosa da sistemare.

«Aida» – le filippine hanno nomi bellissimi –, «Aida per cortesia mi aiuti ad aprire questo imballaggio. Chiami pure Ramon» – anche i filippini hanno nomi bellissimi.

Quando Gianese, un po' irritato per il ritardo, entrò in salone a dirgli di sbrigarsi, lo vide.

Il buco al centro della parete, tra la libreria e le tele barocche, non c'era più.

Al suo posto c'era un quadro di commovente bellezza, in cui un uomo si chinava ad abbracciare e a sorreggere il corpo morto del Cristo.

Nardi invitò Gianese ad avvicinarsi. Gli appoggiò con delicatezza il braccio destro sulla spalla.

«Dario, vedi l'uomo che sta deponendo Gesù nel sepolcro? Il suo nome è Nicodemo. E il suo volto è quello di Michelangelo Buonarroti. Mi segui? L'autore di questo capolavoro è Michelangelo Merisi, detto Caravaggio. Che ritrae l'altro Michelangelo, morto quarant'anni prima. E sai dove si è raffigurato Michelangelo Buonarroti, nel suo Giudizio Universale della Sistina? Nel volto scuoiato di san Bartolomeo».

«Scuoiato?»

«I pagani gli levarono la pelle, prima di martirizzarlo. Caravaggio invece diede i propri tratti alla testa mozza di Oloferne. Anche Tiziano ritrasse se stesso in una Deposizione, come san Girolamo penitente, con il petto arrossato dalla pietra con cui si batteva. E sai cosa significa questo?»

Gianese fece segno di no.

«Significa che i grandi hanno sofferto moltissimo. Il genio non è felice. Il vero grande non vive bene e non muore in pace. San Francesco ricevette nelle carni le ferite di Nostro Signore, santa Chiara rischiò di finire sul rogo, santa Caterina la notte veniva visitata dal demonio. Giovanna d'Arco, Savonarola, Giordano Bruno furono arsi vivi. Dante morì in esilio e se fosse tornato a Firenze l'avrebbero squartato, Cristoforo Colombo fu messo in catene. La poesia portò Torquato Tasso in manicomio, e tempo dopo anche Alda Merini; pure Pirandello andò vicino alla follia. Artemisia Gentileschi denunciò il pittore che l'aveva stuprata, confermò le accuse sotto tortura, lo fece condannare; ma il Papa lo mandò libero. E lei si raffigura come Giuditta che taglia la testa al suo carnefice».

A Dario Gianese mancò il coraggio di dire che stavano facendo tardi al Quirinale.

Gli mancò il coraggio pure di rivelare quel che stava pensando: il cardinale Michelangelo Aldrovandi doveva avere amato molto Giulio, se prima di quella morte così ingloriosa aveva disposto che il capolavoro di Caravaggio – come un pegno d'amore – fosse affidato a lui.

«Non c'è male. Ti muovi bene».

Gricia sospira di felicità.

«Pensavo peggio. Sul serio».

Il suo vero amore lo stava elogiando.

«Ora vieni. Vieni a rete. Proviamo la volée di rovescio».

Adriano Panatta era pure simpatico.

E non era neanche tanto più magro di lui.

Avevano previsto quattro palleggi. Finirono per giocare un set, sia pure ridendo più che correndo.

Il campione gli lasciò un game.

Lo stesso game che Borg aveva lasciato a Barazzutti, nella semifinale di Parigi 1978 – Panatta non voleva rivali in Italia, così aveva detto a Borg: «Bjorn, ma che gli hai fatto al Barazza? Dice che domani ti stende». Finì 6-0, 6-1, 6-0.

Poi Gricia e Panatta presero una birra con l'amico che per primo li aveva fatti incontrare: Silvione, il custode del circolo Lanciani.

Panatta di solito gioca ai Parioli. Però non dimentica di essere il figlio di un custode di campi altrui: Ascenzio. Ascenzietto lo chiamava Pietrangeli, non senza simpatia.

Finì che un po' di birra la prese anche il setter inglese.

Che poi, a guardar bene, era in realtà un incrocio, frutto dell'infatuazione di una purosangue di razza per un bel passante.

«A Grì, te sei trovato bene cor cane mio?» ride Silvione.

«È 'n amore. Quasi quasi me lo tengo».

«Nun ce pensa' neanche... Mo' però me lo devi di': a che te serviva?»

«Mi serviva a intenerire una persona».
«Una donna, eh? Ma che je fai, a ste femmine?»
«Che je faccio... Dovevo dirle una cosa difficile da accettare».
Silvione pareva alle prese con un indovinello della Sfinge, intesa come Settimana Enigmistica ovviamente. «La dovevi lascia'?»
«Peggio. Le dovevo far lasciare suo padre».

Sono ancora all'antipasto, ma Emmanuelle ha già guardato l'orologio tre volte.
Il tipo normale, libero, magro – in effetti è magro –, benestante, molto benestante, essendo titolare d'una ditta di costruzioni, le è già venuto a noia.
Anzi: le ha già fracassato le palle.
Sta parlando di barche, di motori per barche. Poi passa a dire di quanto ci sta bene il vino bianco freddo sui crostini di telline tiepide. E di nuovo torna alla barca, la sua, e a Porto Cervo, perché lui l'estate va a Porto Cervo.
Ma stai zitto, cazzo.
Prova a dire una cosa interessante.
Una sola.
Provaci.
Emmanuelle, ora, è distratta dal rumore delle onde. Se le onde ti danno fastidio, pensa, vuol dire che non sei con il tuo uomo. Il sole non scalda: è tiepido, come le telline. E le telline non le sono mai piaciute. Troppo da lavorare, poco da mangiare.

Ostia, ristorante La Vecchia Pineta: ma come ho fatto a finire qui con questo cretino?

Ci fosse Gricia, le direbbe: non è lui che non è il tuo uomo; sei tu che non sei tu.

Gricia le direbbe che la donna seduta al tavolo non è lei.

Non è la vera Emmanuelle.

È Emmanuelle che sta recitando la parte della fidanzata di un altro.

Il saluto al tramonto.

La scusa che a Formentera usano per cominciare a ubriacarsi.

Brindare con mojito e cuba libre a quel sole che si lascia inghiottire dal mare, provocando in alcuni un brivido di terrore, un presagio di morte – siamo così sicuri che lo rivedremo il giorno dopo? –, e in tutti gli altri una domanda più immediata: chi ci trombiamo stasera?

Musica sparata a tutto volume, per non pensare. Allegria diffusa: da El bandido si balla, nudi, sul bancone.

«Che palle. Ma cosa avranno da guardare quelle lì?»

In una spiaggia per nudisti, i trans fanno sempre un po' meno effetto. Ma uno come questo anche qui scatena qualche sguardo di stupore. Non è per le dimensioni del seno e degli altri accessori: è per il viso, da camionista.

«Devi fregartene. Hai una testa da maschiaccio su un corpo da ballerina del Bolshoi. Più un ciondolo da negro. Sei perfetta per piacere a chi sappiamo io e te» dice la donna con i capelli biondi, sui cinquant'anni, mentre prende l'iPad dalla sacca di tela a strisce blu e bianche.

«Amore... Contessa... hai sempre le parole giuste...» risponde languido, e con un forte accento portoghese, il transessuale.

La Contessa ha aperto la pagina di messaggero.it, e sta leggendo un articolo. Poi gira l'iPad. «Guarda un po' qui a chi hanno fatto il funerale...»

Titolo dell'articolo: «Ieri, in piazza San Pietro, l'estremo saluto al cardinale Aldrovandi».

«Che morte da idiota» dice il trans.

«Be', un po' idioti siamo stati anche noi, a non allentargli quella cazzo di busta dalla gola» risponde la Contessa.

«Comunque se gli hanno fatto il funerale vuol dire che le indagini...»

«Non vuol dire niente» lo interrompe la Contessa. «Dentro una tomba andava comunque messo».

«E il telefonino, quello con le foto, che fine avrà fatto?»

«Non ne ho idea. Sarà stato comprato e venduto. Forse distrutto per sempre. Forse nascosto in attesa di farlo ricomparire, quando servirà».

«Peccato. Potevamo farci un po' di soldi...»

«Meglio così invece. Intanto, siamo vive. Ora dobbiamo solo aspettare che passi un po' di tempo, e che di quella morte non si parli più».

«Ci facciamo la stagione estiva qui e poi decideremo».

«Esatto. Lavorare in vacanza è una bella fortuna,

no? Però, ti avverto: il vescovo che arriva domani da Barcellona ha gusti sadomaso. Per cui dovremo cercare di essere un po' più ruvide del solito».

«Saremo solo noi tre?»

«No. Dovrebbe esserci anche un calciatore del Siviglia».

Remedios al rosario di ieri sera non è andata. E non solo perché doveva recapitare il quadro al senatore.

Ha la testa piena di pensieri. E non solo perché deve riconoscere che Gricia un po' le manca – soltanto un po', beninteso.

È turbata. E non solo perché l'uomo che considerava il suo padre spirituale si è macchiato di un peccato mortale, il suicidio.

Remedios pensa a molte cose. Ai suoi antenati in Colombia. Agli eventi terribili di questi giorni. Alle persone che ha perso. Ai pericoli che gravano sull'avvenire. E decide di scendere in basilica, a San Pietro, a pregare sulla tomba dell'apostolo, adorna dell'oro che Colombo aveva portato dalle Americhe.

Remedios cammina pervasa da una strana inquietudine. Quasi un presentimento.

Come se la storia non fosse finita qui, e restasse un peccato da espiare.

Come se la Provvidenza avesse ancora in serbo per lei una prova.

Come se nella basilica dovesse incontrare qualcuno che solo lei è in grado di riconoscere.

Magari per averlo visto in una di quelle maledette foto.

Del resto la storia del mondo e della Chiesa, pensa, è piena di presagi.

Nostradamus divenne famoso in vita perché aveva previsto la morte del re di Francia in un torneo cavalleresco: «Il giovane leone disarcionerà il vecchio...»

La monaca di Dresda, insomma una sua collega, aveva predetto che il secondo re d'Italia sarebbe «morto di fuoco»; e in effetti Umberto I era stato assassinato con tre colpi di pistola.

Malachia, l'arcivescovo che aveva trovato un motto in latino per ogni Papa, che aveva chiamato Paolo VI *Flos florum*, fiore dei fiori, e Giovanni Paolo II *De labore solis*, la fatica del sole, concluse il suo elenco con una definizione insolitamente lunga: «In persecutione extrema Sanctae Romanae Ecclesiae sedebit».

L'ultimo Papa avrebbe regnato al tempo della massima persecuzione della Santa Romana Chiesa.

E l'ultimo Papa della lista di Malachia era questo.

«Il primo giugno è il giorno ideale».

Tigellino gli ha detto così.

Polizia, carabinieri, servizi segreti sono mobilitati per il ricevimento al Quirinale. E per i preparativi della parata di domani.

«Non ti noterà nessuno».

Infatti le guardie svizzere lo salutano con un cenno d'intesa.

Perché dovrebbero fermarlo?
Quante volte l'hanno visto passare in questi mesi?
Certo, Aldrovandi non c'è più. Ma avrà trovato un altro amichetto che lo protegge, pensano loro.
Oggi è il primo giorno caldo, pensa lui. E questa cazzo di borsa pesa troppo.
Gli hanno assicurato che non corre alcun pericolo. Che nessuno farà caso a lui, né lo cercherà dopo, proprio perché è passato inosservato.
Non c'è molto tempo, però.
Sa già come entrare in San Pietro evitando i controlli.
Si supera la farmacia. La posta. Si passa a fianco dello Ior, la banca che ha fatto tanto casino.
Mai quanto sta per farne lui.
Ci si lascia a destra l'archivio, si passa sotto gli archi, si costeggia la basilica sulla sinistra. Si entra dalla Porta della Morte – quella con lo scheletro e la clessidra, scolpiti dal Bernini per ricordarci che siamo tutti ombra e cenere.
Porta della Morte.
Bel nome.
Ben scelto.
Non è la morte che ci uccide.
La vita ci uccide. Scava rughe, strappa i capelli, ci contagia con le malattie, ci porta via le persone amate, schianta le nostre speranze.
Non è lui l'assassino. Non è un omicida, tanto meno un terrorista. Lui è solo uno strumento.
Sarà un bel botto.

Tanto vale, come dice Tigellino, farlo nel posto in cui farà più rumore possibile: San Pietro.

Ne parlerà tutto il mondo.

Una tragedia.

Una bomba nella basilica.

Il massacro dei martiri.

Forse l'inizio di una guerra.

Cercheranno un colpevole, scelto ovviamente tra gli innocenti, cui farla pagare.

Il sangue chiamerà sangue. Una catena di vendette.

Ma lui cos'ha da perdere?

Quelli come lui sono i veri immortali.

Quelli come Koko.

Ci sono peccati che non possono essere perdonati. Come i peccati del cardinale. Non si estinguono con la morte. Esigono un prezzo. Vanno espiati con la furia e con il fuoco.

E poi gli italiani se la sono voluta.

Se la sono cercata, come dicono a Roma.

Se la sono costruita, questa punizione, giorno dopo giorno.

Ora tocca a lui, a Koko, in nome di tutti gli altri fratelli africani, fare giustizia di tante umiliazioni, di tante piccole cattiverie. Di tanti morti annegati.

Perché il male non muore mai. Può essere scoperto, combattuto, talora sconfitto. Nei romanzi di solito è il bene che trionfa. Ma nella realtà, alla fine, il male vince quasi sempre.

Il cardinale, pensa Koko, aveva torto.

Gli animali non sono immortali.

Gli animali sanno perfettamente di dover morire.

Tutta la loro vita è una continua lotta contro la morte.

Ogni attimo di ogni loro giornata è dedicato esclusivamente a restare in vita.

Molti di loro, in Africa, sanno persino quando sta per arrivare il momento. E sanno dove andare a morire.

Mondadori Libri S.p.A.

Questo volume è stato stampato
presso ELCOGRAF S.p.A.
Stabilimento - Cles (TN)

Stampato in Italia - Printed in Italy

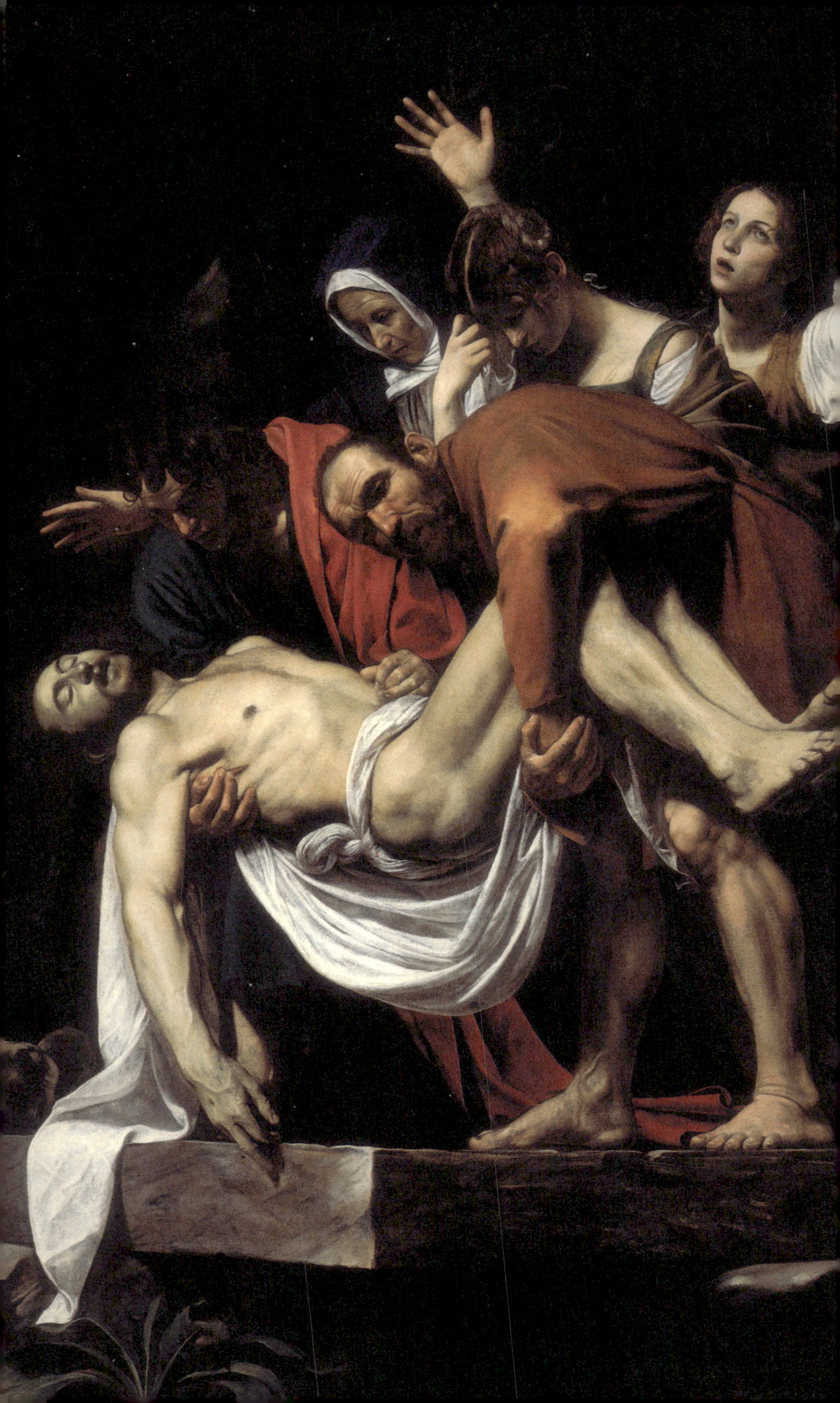